じゃじゃ馬皇女と公爵
両片想いのふたりは今日も生温く見守られている

序章　次期女帝は決意する

「僕を投げ飛ばした？　信じられない、この暴力女め！」

城の中庭で行われたふたりだけのお茶会。

いわゆるお見合いというものの席で、男はそう叫んだ。

彼は床に尻餅をついた状態で、隠しきれない恐怖を顔に張りつけている。その身体はガクガクと震えており、虚勢を張っているのが一目瞭然だ。

ああ、またかという気持ちになりながら私はひとつ、息を吐《つ》いた。

私よりみっつ年上の男性。

侯爵家の三男だという彼は優秀で、先が楽しみな人材と両親から聞いていたが、如何せんその心根は及第点以下だったようだ。

自分の思う女性像からはみ出した存在を認められない狭量な男。

男尊女卑は当たり前。女は男に従えばいいと考える前時代的な考え方をする屑《くず》。

その屑に、話の流れで自衛のために鍛えていると言ったところ、少し手合わせをして欲しいと頼まれた。自分も腕に覚えがあるからと。

じゃじゃ馬皇女と公爵令息　両片想いの
ふたりは今日も生温く見守られている

fairy kiss

この作品はフィクションです。
実際の人物・団体・事件などに一切関係ありません。

多分、力の差を見せつけたかったのだろう。私も強い男は好きなので、それならばと受けて立ったがその腕前は実にお粗末なものだった。

自信満々に構えを取るからどれほどのものかと見てみれば、近衛《このえ》騎士団の団員にも満たない実力。がっかりした私は、さっさと終わらせようと投げ飛ばしたのだけれど、それがどうやら彼は気に入らなかったらしい。

自らが負けたことすら認められない男は、顔を真っ赤にして私を貶《けな》している。女のくせに、と馬鹿の一つ覚えのように何度も口にし、しまいには男を立てるのが女の仕事だとまで言い始めた。

どうやら彼は私が誰なのか、どんな立場にいる人間なのかをすっかり忘れているようである。

――ま、所詮はその程度の男ってことね。

「出て行ってちょうだい」

「え……」

笑みを浮かべながら告げると、男は目を見張った。私から何を言われたのか理解できないようだ。そんな男に分かりやすく説明する。

「聞こえなかったかしら。あなたは要らないから出て行ってって言ったのよ」

「要らない……？」

要らないという言葉が余程気に障ったのか、男がカッと目を見開く。

「こ、この僕を要らないとか正気か⁉　将来有望、皇帝陛下の覚えもめでたいこの僕を⁉」

「ええ。女性に向かって暴言を吐くような男はお断りだもの。そうね、そんな偉そうなことを言うのなら、せめて私より強くなってから来てくれないかしら。実力の伴わない口だけの男って私、大嫌いなのよね」

「なっ……！」

「あなたは不適格よ。次期皇帝である私の伴侶に相応しくない。だってこの私を従わせよう、なんて馬鹿なことを考えるのだもの」

パン、と手をひとつ打つ。それまで彫像のようにじっとしていた兵士たちが素早く動き、男の両手をそれぞれ摑《つか》んだ。

何が起こっているのか分からない様子の男に、笑顔で言う。

「不敬罪という言葉は知っているかしら。先ほどからよくもまあ好き放題言ってくれたわね。あなたの言っていたことは全て、次期皇帝である私に対する侮辱と受け取ったわ。——連れて行って」

不敬罪という言葉に、彼はようやく自分が相当無礼な発言をしていたことに気づいたようだ。

余程頭に血が上っていたのだろう。冷静になった彼は己がやらかしたことに青ざめ、ガタガタと身体を震わせた。

「ま、待って……ち、違う、違うんです。あれはつい……その場のノリと雰囲気で言ってしまっただけで、不敬罪だなんてそんな大層なものでは……！」

必死に言い訳する男を見つめながら、私は言った。

「その場のノリと雰囲気で女性を馬鹿にするなんて最低ね。そうだ、あなたが不適格な理由だけれど、一番は女性を敬う心が欠けているところかしら。その無駄に高い自尊心をどうにかしてからなら、言い訳も聞いてあげても構わないけど、まあ無理な相談よね。今更矯正なんて望めないだろうし。じゃあ、そういうことだからさようなら」

連れて行け、と再度兵士に命じる。男はワアワアと騒いでいたが、鍛えた兵士たちに敵《かな》うはずもなく、ズルズルと引き摺《ず》られていった。そう、所詮はその程度の実力でしかないのだ。

それを見送り、お茶会用に設置された椅子に座って大きなため息を吐く。

「……これで十人目。もう、嫌」

我ながら疲れた声が出た。

べったりとテーブルに頬をつける。先月から始めた見合いはさっきの男ですでに十人。皆、将来有望とされる立派な肩書きのついた青年たちだったのだが、蓋を開けてみれば似たような感じでそろそろうんざりしてきた。

「はあ……」

来週にもまた見合いがあるが、この調子では期待はできないだろう。

私はこの国、メイルラーン帝国の第一皇女として生まれた。

大陸西側に位置するメイルラーン帝国は、大小二十以上の国を属国として従える強大な国として知られている。ここ百年ほどは戦争をしていないが、昔はよく紛争を起こしていたし、今でも帝国騎士団は大陸最強との呼び声も高い。

そのメイルラーン帝国では男性でも女性でも第一子が皇帝になることと定められている。私には兄弟もいないので、間違いなく将来は女帝としてこの国に君臨することになるだろう。

ディアナ・メイルラーン。銀色の髪と燃えるような赤い瞳を持つ十八歳の次期皇帝。

それが、私だ。

容姿は自分で言うのもなんだが、かなり良い方だと思う。

幼い頃より帝王学を修めているので、頭だって悪くない……というか、未来の皇帝が馬鹿では困るので、家庭教師たちから厳しく教えを受けてきただけなのだけれど。

ちなみに、一番得意なのは学問ではなく体術だったりする。

特に武器を使わない戦いを得意としていて、そんじょそこらの男に負ける気はしない。

それこそ騎士団に所属する者たちとも対等以上に戦えると胸を張って言えるくらいには自信があるのだ。

皇族という立場柄、暗殺者に狙われることも多くあるので、最低でも自分の身は自分で守れるようにならねばならなかったのだけれど、少々強くなりすぎたとは私の師の言葉だ。

幼い頃からの絶え間ない努力によって、できないことはないとまで言い切れる。

それが私という女で、どうしてそこまで頑張ったのかといえばもちろん、私が帝位継承権を持っているからに他ならない。

皇帝となるのだから、足りないものがあってはいけない。民のためにもできる努力はしなければならないと教えられてきたし、私もその通りだと納得し、必死に頑張ってきた。

そんな私が今、必要としているのが伴侶。

次代の皇帝を産むのは私の使命だ。それはよく分かっていたし、覚悟していたから、十八歳の誕生日を迎えると同時に始まった見合いにも積極的に挑んできた。さっさと相手を決めてしまいたいとすら思っていた。

だけど、それは思うようにはいかなかった。

何せ碌《ろく》な男がいない。

私の婿にと薦められるレベルの男たちは、優秀な分、当たり前だがプライドが高く、女性を守るべき存在だと認識している者が多い。

そして腹立たしいことに、未来の皇帝と分かっているくせに、私を普通の令嬢と同じように『姫』として扱ってくる。

皆、私を何もできないお飾りの皇女様だと思っているのだ。美しいことと、帝位継承権を持っていることだけが取り柄の女だと、だから自分が守ってやらなければと、口を揃《そろ》えて言ってくる。

中には何を勘違いしたのか、私と結婚すれば実質的な皇帝になれると思い込んでいた者もいた。

ふざけないで欲しい。

私がなんのためにずっと努力し続けてきたというのか。

将来国を継ぐことになるから、そのために足りないところがあってはいけないと死ぬ思いで頑張ってきたのだ。

それをポッと出の、多少出来の良いくらいの男に譲ってやる気など全くない。

私がこの国を守るのだ。

そうして勘違い男たちを切り捨て、次の見合いに挑み、また切って捨てているうちに、見合いは十回を超え、今、私は心底疲れ果てているというわけだった。

さっきの男も酷《ひど》かったとため息を吐く。

彼は、私をティーカップより重いものを持ったことがない姫の如《ごと》く扱ってきた。あまつさえ、こんな細腕では何も守れないでしょう、僕があなたとこの国を守ります、あなたは僕に守られていればいい、なんて歯の浮くような台詞を言ってきたのだ。

全身に鳥肌が立ち、それでも耐えていたのだけれど、今思えば、我慢する必要なんてなかったなと思う。

何せ、女に投げ飛ばされたくらいで暴言を吐くクソ野郎だったのだから。

しかし高位貴族の男性全般に言えるのだが、女性に負けるとプライドが傷つけられた、みたいな顔をするのだけは本当に止《や》めて欲しいところだ。

彼らの表情から見え隠れする男尊女卑が激しくて、吐きそうになるから。

そしてその瞬間、『ないな』と思ってしまう。

せめて私を未来の皇帝だときちんと認識して正しく敬意を示してくれる男が相手なら、多少馬鹿でも弱くても、夫として迎えることに否とは言わないのに、現実は厳しかった。

私は高望みをしているつもりは全くないというのに。

そして当たり前だが両親は皇帝となる私に最高の夫を用意したいと思っているようで、とにかくスペックの高い男を集めてきたがるのだ。だが、それこそが逆に相手が決まらない要因となっているのではないだろうか。最近はそんな風に思う。

「勘違い男と見合いをするのにはもう疲れた。用意された男にはうんざりよ」

私が何もできない、ただ綺麗《きれい》なだけの人形ではないと分かると、皆が皆、嫌悪を見せる。

自分より強い女なんて要らない。賢い女なんて必要ないと嫌厭《けんえん》するのだ。

つまりは女帝なんて認められないと、そう言いたいのだろう。

女は男に守られていればいいと。はっ、反吐《へど》が出る話だ。

メイルラーン帝国は男尊女卑の国ではないし、女性にも帝位継承権が認められているが、実際に女帝が立ったことは一度もない。今回が初なのだ。だからこそ男たちも妙な勘違いをしたりしているのだろうけれど……いい加減うんざりだ。

きっとこのまま見合いを続けたところで、結果は変わらない。同じような男が来て、嫌な思いをするだけ。はっきり言って時間の無駄だと思う。

「……こうなったら自分で見つけに行く？」

ボソリと呟《つぶや》き、ハッとした。

我ながら名案ではないかと思ったのだ。

自分の伴侶は自分で見つける。両親が気に入る男を用意できないというのなら、自分で探しに行けば良い。簡単なことだ。

「いいわ。悪くない」

テーブルから身体を起こし、にんまりと笑う。

結婚は義務だと思っていたから、あまり考えないようにしていたが、実は私には好きな人と結ばれたいという願望が昔からあったのだ。

愛し愛され、将来を誓う。そんな恋物語を幼い頃に読み、憧れた。

もちろん自分の立場を考えれば無理だと思っていたけれど、自分で探すというのなら、そういうことも可能ではないだろうか。

ただ、問題はどこで見つけてくるか、だけど。

当たり前だが、庶民の男を夫として迎えるわけにはいかない。

伴侶には様々な国の行事に参加してもらわなければならないのだ。皇族として恥ずかしくない程度の礼儀作法や知識を身につけているのは最低限の条件。

また、周囲に侮られないためにも一定以上の爵位を持つ家の出であることが求められる。

まだ見ぬ恋に憧れはしても、その辺りは重々承知している。眉を顰《ひそ》められるような相手を選ぶつもりはなかった。

だがそうなると、相手を見つける場所はどうしたって限られてくるわけで。

「……フーヴァル学園に短期留学というのはどうかしら」

思いついた名称を口にする。

フーヴァル学園。

それはフーヴァル王国にある、大陸屈指の名門校である。

メイルラーン帝国と反対側の大陸東側にあるフーヴァル王国は、メイルラーン帝国と対等な付き合いをしている国のひとつで、文武共に優秀な人材を多く輩出することでも有名だ。

西のメイルラーンと東のフーヴァル。

大陸の二大国家といえば、このふたつが挙げられるほどには有名なのである。

そのフーヴァルの名前を冠した学校は、伯爵位以上の爵位を持つ親類の推薦と、高難度の入学試験をクリアしなければ入れないことで知られている。

あと、学費が非常に高額なため、かなりのお金持ちでないと入学することができないのだ。

在学しているのは十五歳から十八歳の男女で三年制。

優秀ならば性別を問わないというのがこの学園のモットーで（お金がないとお断りではあるが）、だからこそ大陸中から将来有望な高位貴族の子供たちが集まってくる。

うちの国にもフーヴァル学園卒業生はたくさんいるが、例外なく優秀で、腹は立つが先ほど私と見合いをした男も確か、卒業生だったのではないだろうか。

フーヴァル学園には色々な国から人材が集まってくる。きっと私の求めるような人物だって在籍しているはずだ。そうだと信じたい。

短期留学にも入学試験と同レベルの難易度の試験を用意されるが、たとえどんな難問が来たとしても合格ラインを突破できる自信はある。そして入学してしまえばこっちのものだ。

そこに通う私のお眼鏡に適《かな》った男と恋愛をして、夫として連れて帰ってくれば良い。

両親も、フーヴァル学園の卒業生だと言えば、嫌な顔はしないだろう。

「いいわ、いいわ」

頭の中でシミュレーションをし、頷《うなず》く。

悪くないどころか完璧だ。フーヴァル学園に通って、己の夫を自分で見つける。想像しただけでも楽しそうだし、是非実践したいと思う。

「そうと決まればお父様に相談しなくちゃ！」

椅子から立ち上がる。

苦痛でしかなかった日々が、急にキラキラと色づいてきた。そんな風に感じた。

◇◇◇

父が休憩時間中であることを確認してから、執務室の扉を叩《たた》いた。

私は両親に厳しく育てられたが、同時にとても可愛《かわい》がられている。娘が来たことを知った父は、喜んで部屋の中に入れてくれたし、すぐに近くに控えていた侍従たちに、外へ出るよう命じてくれた。

「お父様、お話があります」

「どうした？　話があるということだが。今日は見合いではなかったのか？」

近くのソファに座るよう言われ、腰掛ける。執務机で寛《くつろ》いでいた父も立ち上がり、私の向かい側にある一人掛けのソファに座った。

メイルラーン帝国の皇帝である父は、今の私と同じ十八歳の時に公爵家の令嬢だった母と結婚した。その一年後に私が生まれているので、まだまだ若い。

柔和な面立ちで優しい話し方をする父だが、政治手腕はかなりのもので、皆から恐れられている。

母との夫婦仲は良く、父は側妃なども持たず、母を一途《いちず》に愛していた。

互いに想い合える理想的な関係。そんな両親を見て育った私が、恋愛に憧れるのはある意味当然ではないだろうか。

父から見合いの話を持ち出された私は渋い顔をしながらも口を開いた。

「……もう終わりました。また私を何もできないお姫様扱いする人だったので、お断りさせていただきたいと思います」

私の話を聞いた父が、こめかみに手を当てる。

「……またか。どうして皆、お前をお飾りの皇女だなんて勘違いしているのか。……いや、間違いなく妃譲《きさき》りの見た目だな」

「そう言われましても」

なんとも言えない顔になる。

母は、すこぶるつきの美人なのだ。独身時代は三国一の美姫《びき》とも謳《うた》われ、繊細な氷細工を思わせる容貌に一目惚《ひとめぼ》れした求婚者が列を成して絶えなかったという話もある。

母はおっとりとした性格で、私と違い武術の心得などない普通の、それこそ守ってあげたいと思わせるような女性なのだけれど、私はその母に見た目がそっくりなのだ。違いといえば、それこそ目の色くらい。

母は銀髪青目だったが、私はメイルラーン帝国の皇族らしく赤色の目をしている。

メイルラーン帝国の皇族は代々赤目が多いのだ。それは父も同じ。

庇護《ひご》欲をそそる外見。だが中身は全然違う。文武両道の、大人しいとはどうあっても言いがたい性格。

「外見詐欺とはお前のことを言うのだろうなあ」

父がため息を吐くが、私の教育方針を決定したのは父だと私は知っている。

メイルラーンの人間が、たとえ女といえども操り人形であってはならないと、厳しく育てることを決め、母もその意見に賛同した。今の私はその結果でしかないのだ。

私はムッとしながらも父に言い返した。

「外見から人を判断してはいけないというのは常識だと思いますけど。それに、そんなものに惑わされるような方が私の伴侶に相応しいと本当に思いますか？」

「思わんな」

私の疑問に父は即答を返した。

「我が娘の真実も見抜けぬ腑抜《ふぬ》けに皇族の地位をくれてやるつもりはない。そんな男はどんどん断れ。それで、娘よ。わざわざここまで訪ねてきた用件はなんなのだ？」

「その結婚の話です。私もいい加減、今の見合い生活に疲れてきましたので、こうなったらいっそ自分で相手を見つけようかと考えました」

「ほう？」

父が片眉を上げる。興味を持ってくれたようだと察し、話を続けた。

「お父様が用意して下さった見合い相手の誰かと結婚するというのが一番良いとは私も考えていたのですが、このままではいつまで経っても相手が見つかりそうにありません。時間は有限です。無駄にしないためにも、どうでしょうか？」

じっと父を見つめる。父はにやりと笑った。

「なるほど。それで？　当然案はあるのだろうな？」

「はい」

「言ってみろ」

父は私が自主的に考え、動くことに好意的なのだ。だから反対されるとは思わなかったが、予想以上に良い反応に気を良くした。

父にフーヴァル学園への短期留学を考えていることを告げる。

「あの学園には、夫に迎えても遜色のない身分と能力を持つ男性が大勢通っています。あそこでなら私の望む伴侶も見つかるのではないかと思いまして」

「フーヴァル学園か。確かにあの学園の卒業生は皆、優秀だな。ふむ……」

父が黙り込む。大人しく判断を待っていると、しばらくして父は頷いた。

「ふたつほど条件をつける。それを呑《の》めるというのなら許可しよう」

「条件、ですか？　それは？」

「お前のことを知らぬ者に、次期皇帝という身分を明かさないこと。あとは護衛としてこちらの指示する者をひとり連れて行くことだ」

「護衛は分かりました。ですが、身分を明かさない、ですか？」

意図を摑もうと父を見つめる。

「そうだ。せっかく自分で見つけると言うのであれば、相手はお前自身を見てくれる者がいいだろう。そのためにも身分を明かしてはならない。もし明かした場合、即時帰国。その相手との結婚も認めない。この条件で魔法契約を交わすと言うのなら、学園に留学することを認めようではないか」

「身分を明かさない、ですか。先ほどお父様は『私のことを知らない者に』と仰《おっしゃ》いましたが、対象はその相手のみということではないのですね？」

「そうだ。フーヴァルではただの令嬢として振る舞え。他の誰にもお前の正体を告げることは許さぬ。ただ、そうだな。学園長にはこちらから話を通しておく」

「……了解しました。それが条件だというのなら従いましょう」

父の言葉に頷く。でも――。

「魔法契約……ずいぶんと本格的なものを用いるのですね」

私の生きる世界には魔法というものが存在する。

自らが持つ魔力と呼ばれるものを様々な力に変え、行使するのだ。

炎を出したり、水の槍《やり》で攻撃したり、風を使って自らを浮き上がらせたり、はたまた精霊と契約して使役したりと、魔法には無限の可能性がある。

魔力は量の大小はあれども皆が持つもので、戦いの場だけでなく、日常生活にも魔法は欠かせない。

明かりをつけるような簡単なことから、今、父が言った魔法契約まで。

魔法契約とは、その名の通り、魔法を使って契約を交わすことを指す。

互いの了承を得て使うことのできる魔法なのだが、かなり厳しいものだ。何せ契約に違反することを行った場合、魔力を吸い取る、というペナルティーが付加されるのだから。

魔法社会で魔法が使えなくなるのは大問題。

ゆえに魔法契約は、かなり重要な契約にしか使われないのだけれど、まさか父が留学程度で出してくるとは思わなかった。

父にもう一度確認する。

「……私が条件を守らなければ、魔力を吸い取られるだけではなく、狙いの相手との結婚を認められることもなく即時帰国。そういう話になるのですね？」

「そうだ。お前はそれくらい厳しい条件を出した方がやる気が増すだろう？　大丈夫だ。無事、相愛になり、相手を連れて来た暁には、契約は解除してやる。その際、お前が次期皇帝であると明かせば良い。私としても相手の反応が直接見られる。その相手を見極めるのにはちょうど良いだろう」

自分の目の前で、己の身分を明かせと言う父をジト目で見る。

たとえ良い相手を見つけて両想いになれたとしても、その状況で「実は次期皇帝でした」と言って、逃げられないだろうか。

どこぞの貴族令嬢と思っていたら、まさかの、である。

心の準備があっても逃げたくなる案件だと思う。だけど。

「それで逃げるような男にお前を任せられるものか。逃げるのならそれまでの男だったというだけのこと。ディアナ、私は条件を譲らぬぞ」

ソファにふんぞり返って告げる父に、これ以上何を言っても無駄だなと悟る。

こちらの用意した男ではなく自分で探すと言うのなら、最低でもこのくらいの条件はクリアしろ。

父はそう言いたいのだ。

無理だと言えば、話はここでおしまいになる。

それが分かったから私は言った。

「分かりました。その条件でお受けします」

せっかく自分で相手を探せる機会を与えられたのだ。試しもせずにできないとは言いたくない。

了承の言葉を告げると、父は満足げに笑い「それでこそ私の娘だ」と頷いた。

第一章　次期女帝は一目惚れする

「よし、行くわよ。フェリ」

「はい、お嬢様」

私の言葉に、後ろに控えたひとりの女性が答える。

彼女は、フェリ・ティール。

青いふわふわの髪をポニーテールにした、私と同い年くらいに見える女性。彼女は父の指定した護衛である。

フェリは私が生まれた時からの付き合いで、ずっと側《そば》にいてくれた信頼できる存在だ。

護衛というからには強さが必須条件となるが、問題ない。彼女はものすごく強いから。

フェリがひとりいれば、護衛は他に必要ないと言う父の言葉が真実であることを私は知っている。

そんなフェリを従え、私が見上げているのは、フーヴァル学園の正門だ。

難関試験を見事クリアした私は、明日から一年間、ここの生徒となる。

今日は本人がいないとできない入学手続きと学園長への挨拶をするためにやってきたのだ。

守衛に名前を告げ、中へと入れてもらう。事前に連絡が行っていたのか、疑われることはなかった。

そびえ立つ塔が見える。学園のど真ん中に堂々と立つ十階建ての塔。その最上階が学園長室だと聞いている。

「失礼します。明日から短期留学をさせていただくディアナ・ソーラスです」

「どうぞ、入って下さい」

学園長室の前で声をかけると、中から返事があった。

ディアナ・ソーラスというのは、フーヴァルでの私の名前だ。

メイルラーンなどと名乗ってしまえば一発で正体がバレてしまうので、母方の叔父に名字を借りている。

母方の叔父はメイルラーン人だが、今はフーヴァルでソーラス公爵を名乗っている。

次男だったので婿入りしたのだ。

婿入り先がソーラス公爵家。結婚相手の叔母とは、フーヴァル学園在学中に知り合ったとか。

つまり叔父も叔母もフーヴァル学園卒業生なのである。

実は今回、私の推薦人も、叔父にお願いしている。学園卒業生で現役公爵の推薦なら文句のつけようもない。ここでの私はソーラス公爵の姪《めい》っ子のディアナ・ソーラス。

名字以外に嘘《うそ》はないし、事情は学園側に説明してあるから堂々と名乗れば良い。

扉を開け、室内へと足を踏み入れる。

広い室内。大きな窓の前には執務机が置かれている。その前に、手を後ろで組んで立っている壮年の男性。

彼がこの学園の学園長。アンドレア・ヴィエラ先生だ。学園長は貴族たちがよく着ているような服の上から黒い長マントを羽織っていた。

モノクルを掛けているが、多分あれはマジックアイテムだろう。

学園長はこちらに歩み寄り、手を差し出した。

「ようこそ、フーヴァル学園へ。短期留学生であろうと、我が校の正規試験をクリアしたあなたを歓迎します」

「ありがとうございます」

差し出された手を取り、微笑《ほほえ》む。

彼は私を見て、嬉《うれ》しそうに言った。

「いやいや、まさか短期間とはいえ、我が校にメイルラーン帝国の次期皇帝が生徒として来るとは思いもしませんでしたよ。皇帝陛下からはあなたの正体が分からないように取り計らってもらいたいと言われていますが、それで構わないのですか？」

確認するように尋ねられ、頷いた。

良かった。父はしっかり話を通してくれているようだ。

「はい。それが父との約束ですから。ここでの私はディアナ・ソーラス。ソーラス公爵の姪ということでお願いします」

そのために、父は学園にかなりの額の寄付をしたと聞いている。

迷惑をかけて申し訳ないが、なんとしても伴侶を見つけてくると決めているので、先行投資だと思って許して欲しい。

「分かりました。あなたが納得しているのなら構わないのです。そのように取り計らいましょう」

学園長は頷き、執務机の引き出しを開けた。そこから瓶を取り出し、差し出してくる。

「これは？」

「目の色と髪の色を変える魔法薬です。効き目は一週間。毎週金曜日に支給しますから、取りに来て下さいね」

「……魔法薬、ですか」

「副作用のない安全なものです。あなたの目の色は特に目立ちますから。正体を隠したいというのでしたら、必要かと思いまして」

「確かにそうですね。ご配慮をありがとうございます」

学園長の言葉に納得し、魔法薬を受け取った。早速蓋を開けて飲む。

毒やおかしな効果が付加されたものとは思わなかった。もしそうなら、後ろに控えているフェリが黙っていないからだ。彼女の目は誤魔化せない。フェリはそういう存在なのである。

「……あ、意外と美味しい」

不味いかと思ったが、オレンジジュースのような味わいだった。あっという間に飲み干す。

ジワジワと髪色が変わっていく。

腰まであった銀色の髪が茶色くなっていく様は圧巻だった。

「わあ……。ねえ、フェリ。目は？　目は何色になってる？」

「青色ですね」

「青！　フェリとお揃いね」

本来の自分とは似ても似つかぬ色合いが珍しくて、テンションが上がる。

ウキウキとしていると、学園長が話しかけてきた。

「そちらの方が、連絡のあった護衛ですか？」

「はい。フェリ・ティールと申します。宜《よろ》しくお願い致します」

フェリが真顔で頭を下げる。彼女はあまり表情を動かさないのだ。

かといって機嫌が悪いわけではない。それが彼女にとっては普通なだけ。付き合ってみれば冗談も言うし、面白いのだけれど、それは私だけが知っていれば良い。

学園長は珍しげにフェリを見ると、何度も頷いた。

「ほう……！　彼女が！　ええ、ええ、分かりました。彼女をあなたの護衛として登録しておきましょう。この学園では王族のみ護衛が認められていますが、あなたは外国からの短期留学生です。特例という扱いにしておきますね」

「ありがとうございます」

実際のところは、私は皇族なので護衛を付けても問題ないのだけれど、それは秘密なので、建前が必要なのだ。

外国からの短期留学生。しかも女性。

心配した両親がどうしてもと学園に寄付を積み、例外として認めさせた……くらいならギリギリ許容範囲内だと、そういう話。

フェリの紹介を終えたあとは、関係書類にサインを済ませる。その中には入寮届もあった。

外国人の生徒も多いので、寮が完備されているのだ。

寮と言っても、高位貴族の子供たちの住む場所なので、かなり広いし、プライバシーは守られるような造りになっていると聞いている。

「ええと、これで終了ですね。あなたは明日の新学期から三年の座学科クラスに所属することになります」

書類を確認し、学園長が頷く。

「寮にはすでに荷物が届いていると聞いています。場所は分かりますか？」

「はい、大丈夫です」

「宜しい。あなたの部屋の場所など詳細は寮母に聞いて下さい。何か質問は？」

「ええと、明日は始業式とかがあったりするのでしょうか」

新学期が始まるのならそういうものもあるだろう。尋ねると学園長は頷いた。

「ありますが、あなたは出席する必要はありません。最初の授業の前にクラスメイトたちに紹介しますから。明日の登校時間は寮母に聞いて下さいね」

なるほど。留学生紹介のタイミングは始業式のあとということか。

納得し、頷いた。

「分かりました」

「他に質問は？」

「ありません。色々とご配慮をありがとうございました。明日から宜しくお願い致します」

「いえいえ。優秀な人材が在籍するのは学園にとっても有益なことですからね。試験を担当した教師から、あなたが筆記試験を満点で通過したことは聞いています。在学中、あなたの活躍を期待していますよ」

「ありがとうございます。ご期待に沿えるよう、努力したいと思います」

学園長に頭を下げ、部屋を出る。

いくら皇族と言っても、ここでの私はいち生徒でしかない。

目上の人に対する礼節はきちんとしておかなければならないのだ。

学園長室のある塔から出て、正門に向かって歩く。確か学園を出て五分ほど歩いた場所に学生寮があったはずだ。

考えながら歩いていると、後ろを歩いていたフェリが言った。

「お嬢様、筆記試験を満点で通過されたんですね。さすがです」

表情を動かさずに告げるフェリだが、実は結構喜んでくれていることを知っていた私は振り返り、笑った。

「ありがとう。正体を隠したいなんて無理をお願いするのだもの。よっぽど優秀な生徒でなければ、要らないって弾《はじ》かれてしまうかもしれないじゃない。だから頑張ったのよ」

面倒な生徒などお断りと言われる可能性はゼロではない。そう思ったからこそ試験には全力で挑んだ。結果として、筆記試験を満点でクリアしたのだから、良かったのではないだろうか。

多少面倒でも優秀な生徒なら引き受ける。学校とはそういうものだと知っている。

行きよりもゆっくりと歩く。明日から通うことになる学園をよく観察したかったのだ。

今日は休日で、生徒の姿は見えない。だが、学生寮には当然人がいる。

学園のすぐ近くにある学生寮の敷地内に入ると中には大きな建物が二棟建っていて、片方が男子寮、もう片方が女子寮となっていた。どちらにも入り口には守衛がいて、異性は無許可で立ち入れない。当然の配慮だ。

「あ」

女子寮に向かって歩いていると、寮の前庭で談笑していた男子生徒たちが私に気づいた。制服を着ているわけではないが、学生寮内にいるのだ。外見年齢も私と同じくらいだし、多分生徒で間違いないだろう。

彼らはポカンとした顔で私を見ている。

なんだろうと気にはなったが初対面だし、このまま通り過ぎてしまおうと決めた。だが彼らのうちのひとりが話しかけてきた。

「あ、あの……」

「……はい」

一瞬、無視しようか考えたが、同じ学園の生徒だしと思い直し、返事をした。

仕方なく足を止めると、彼らはハッとしたように私の周りに集まってきた。

私に声をかけた男子生徒が口を開く。

「も、もしかして、噂《うわさ》の短期留学生って君？」

「……噂？」

眉を寄せる。途端、皆が口々に話し始めた。

「学園長が、一年間の短期留学を受け入れたと聞いてね、皆でどんな子が来るのかって話していたんだ。でもびっくりだな。まさかこんな綺麗な子が来るなんて！」

「良かったら学園を案内しようか？　あ、そうだ。明日、一緒に食堂で昼食でも食べない？」

「分からないことはなんでも聞いてよ。君と仲良くしたいんだ」

言葉にどんどん熱が籠もっていく。

ただの親切かと思ったが、彼らの表情を見れば、そうとも言い切れなかった。

皆、うっとりと私を見つめていて……なんだろう。気持ち悪い。

「……ご親切にありがとうございます。ですが、案内は結構です。昼食も間に合っていますので」

気持ち悪さを我慢し、失礼にならないよう気をつけながら断る。相手がどんな身分かも分からないし、様子を見た方が良いと判断したのだ。だが、優しい言い方では彼らは退《ひ》かなかった。

「いいからさ。案内させてよ」

「あの、本当に結構ですから」

「そう言わずに。あ、なんだったら今から俺たちとお茶でもしない。色々教えてあげるからさ」

「……いや、だから結構ですと」

はっきり断っているのに、いつまで経っても彼らは退く様子を見せてくれない。逆に、遠慮しているととられ、控えめで可愛いね、なんて言われてしまった。

知人ですらない男たちに可愛いなんて言われても全く嬉しくない。

無駄に時間を取られていることもあり、いい加減苛々《いらいら》してきた。

――ああもう、音に聞こえたフーヴァル学園も結局は同じってこと!?

ここなら多少マシな男がいるかと期待したのに、初っ端《しょぱな》からこれだ。留学は間違いだったのだろうかと思い始めてくる。

こちらが迷惑に感じているとは考えもしない愚かな男たち。

――ふ、ふふふふふ。

私の沸点はそう低いわけでもないが、しつこく絡まれてまでニコニコ笑っていられるほどでもない。

いい加減、実力行使もやむを得ないかと考えていると、男子生徒のひとりが私の手を掴んできた。

「立ち話もなんだし、寮にある談話室で話をしようよ」

「……あの」

ピクンと己の眉が動いたのが分かった。

だってさすがに触れられるのは我慢できない。大人しくしているのは最早《もはや》ここまでだと思いながら男を睨《にら》みつけようとすると、それより先に、別の手がその男の手首を掴んだ。

「――どう見ても嫌がっているだろう。そんなことも分からないのか」

「痛っ！」

余程強く握られたのか、反射的に男子生徒が私の手を離す。その隙に己の手を自らに引き寄せ、助けてくれた人を見ると、その人は男子生徒の腕を捻《ひね》り上げていた。

「あっ……」

男らしい秀麗な顔立ちにドキンと胸が高鳴った。

野生の狼《おおかみ》を思わせる鋭い目がとても素敵だ。甘さが一切感じられない表情に雄味を感じ、顔がどんどん赤くなっていく。

シャープな頬のラインに薄い唇。目の色は灰色だ。一重の少しつり上がった目つきがキュンとくる。

額を出した髪型は精悍《せいかん》な雰囲気の彼に、とてもよく似合っていた。

着ている服の生地はかなり上質だ。黒を基調とした上着のデザインはシンプルなものだったが、デザイナーの腕が良いのか、地味には見えなかった。

――す、素敵……。

生まれてこの方、男に見惚《みと》れたことなど一度もなかったのに、嘘のように引きつけられた。

目が離せない。

助けてくれた男性にぼうっと見惚れていると、彼は不快だというのを露《あら》わにしながら彼らに言った。

「女性が嫌がっていることにも気づかず執拗《しつよう》に迫るとは、男の風上にも置けない。お前たち、自分が恥ずかしいとは思わないのか」

「ク、クロム様……！」

顔色を変えたのは、腕を捻られているのとは別の男子生徒だった。

『様』とつけられるということは、彼らよりも家の爵位が上なのだろう。身分社会というのはそういうものだ。

彼の厳しい声音に、その場にいた全員が怯《ひる》んだ。

「ち、違うんです。僕たちはその――」

「そ、そうです。ただ、留学生に学内を案内しようと声をかけただけで」

「ほう？　ただ、親切にしていただけだと？　そのわりには彼女は嫌がっていたように思えるが」

「っ！」

彼の覇気に気圧《けお》され、彼らは口を噤《つぐ》んだ。

私はといえば、突如として自分に訪れた慣れない感覚に混乱し、ただ彼を見つめることしかできなかった。

――すごいわ、格好良い。

先ほどからドキドキが止まらない。

クロムと呼ばれた彼は、軽く男子生徒の腕を捻り上げているが、そうするには相当な力が必要だと知っている。体つきは細いが、かなり鍛えているのだろう。彼からは強者のオーラが滲《にじ》み出てお

り、今まで国にはいなかったタイプの彼に見惚れっぱなしだった私は、ようやく自分が一目惚れというものをしたことに気づいた。

そんな馬鹿なと咄嗟《とっさ》に否定しようと思うも、収まらないドキドキが、私が彼に惚れたことを伝えてくる。

「……」

何も言えず、ただ彼を見ていると、彼はさっさと男子生徒たちを追い払ってしまった。腕を捻り上げられていた生徒も文句も言わず、走り去っていく。

「大丈夫か?」

「えっ……あ、はい」

自分が話しかけられたことに一瞬気づかず、焦った結果、見事に変な声が出た。

羞恥にカッと赤くなるも、なんとか誤魔化す。

「あ、ありがとうございました。助けていただいて助かりました。その、私はディアナ・ソーラスと言います。もし宜しければお名前を伺っても?」

助けてくれた人に名前を聞くのは礼儀だろうと思い、尋ねると、彼は生真面目な顔で頷いた。

「俺は三年のクロム・サウィンだ。さっき彼らが言っていたが、君は留学生か?」

クロム・サウィン。

三年生ということは同い年か。聞いた名前を頭に叩き込みながら答える。

「はい。一年間の短期留学生として明日からフーヴァル学園に通うことになっています。三年の座学科クラスです」

同クラスだと嬉しいなと思いながらも告げると、彼は「俺は魔法科だ」と言った。

残念。別クラスのようだ。

フーヴァル学園は、座学科と魔法科にクラスが分かれていて、座学科は座学に、魔法科は魔法に比重を置いた授業をしている。

ただし、テスト内容は同じだ。順位表もクラス混ぜこぜで発表されると聞いている。

私は魔法を使わない戦いをするのが殆《ほとん》どなので座学科を希望したのだが、今となっては後悔していた。

――ここで一目惚れすると分かっていたら、絶対に魔法科にしたのに！

内心悔しく思っていると、彼――クロムは言った。

「ソーラスということは、ソーラス公爵の遠縁か？　君も公爵家の者なら互いに敬語は必要ないだろう。同い年だし。それより災難だったな。ああいうことは今後もあるだろうから気をつけた方がいい」

君も、という言葉から彼も公爵家ゆかりの者だということが分かる。彼の言う通り、敬語は止め、普段の口調で話しかけた。

「……ありがとう。どう対応すれば良いのか分からなかったから、正直助かったわ」

「いや。誰が見ても君は困っていた。助けるのは当然だ」

当たり前だという顔で言われた。

――えっ、すごく格好良いんだけど。

きっと彼なら老若男女問わず、困っている人がいれば助けるのだろう。そう思えるだけの雰囲気が彼にはある。

早速知った彼の人間性に、なんて素晴らしい人なんだろうと感心していると、クロムが軽く頭を下げ、言った。

「では、俺は行く。また学園で会うこともあるだろう。その時は是非声をかけてくれ」

「ええ、そうするわ」

クロムが男子寮の方へと去って行くのを見送る。彼は一度も振り返ることなく寮内へと入っていった。

今までただ傍観していただけのフェリが声をかけてくる。

「お嬢様。そろそろ行きませんか」

「……あのねえ」

くるりと振り返り、軽く睨《ね》めつける。

「……フェリ、どうして何もしなかったの」

護衛だというのなら、それこそ彼女の出番ではなかったのか。全く、なんの役にも立っていなかったではないかと思いながら告げると、彼女はいけしゃあしゃあと言ってのけた。

「私が出て行く必要などありましたか？　お嬢様ならご自分でどうとでもできたでしょう。むしろ、先ほどの彼に素直に助けられていたことに驚きましたよ」

「う……」

「いつものお嬢様なら下手をすれば助けられたことを屈辱と感じたでしょう。……本当にどうなさったのです？」

「わ、私だって素直に助けられることくらいあるわよ！」

「私が知る限り、初めてだと思いましたが」

「……」

冷静に指摘され、顔が赤くなった。

実際、フェリの言う通りだったからだ。基本、お姫様扱いするような男を好まないので、今までは余計なお世話だとばかりに助けを拒んできたのだけれど。

「さ、さっきの人は、ほら……じゅ、純粋な親切心で助けてくれたって感じだったもの。断るのは逆に失礼ってものだわ。それに――」

「それに、なんですか」

「……から」

「え？」

小さく呟いた声はフェリには聞こえなかったようだ。怪訝《けげん》な顔をするフェリの手を取り、女子寮に向かって歩きながらもう一度彼女に言った。

今度は聞こえるように。

もう一回、聞き返されるとさすがに恥ずかしいと思うから。

「一目惚れしたの！　だからぼうっとしていて、何にもできなかったのよ！」

「……」

予想外すぎたのか、フェリの目が大きく見開く。何も言わず、ただ確認するように私を見てくる彼女に、頷きを返した。

信じられないという顔をされる。普段、表情を動かさないフェリにそんな顔をされると、ものすごい大ごとが起こったように思えるから不思議なものだ。

「い、いいから！　続きは寮の部屋に入ってからね！」

とりあえず、これ以上この話を外でしたくない。

そう思った私は、まだ驚いている様子のフェリを引っ張り、女子寮へと入っていった。

中では学園から連絡を受けていた寮母が待っていて、私は無事、自分の部屋へと辿《たど》り着いたのだけれど、室内の確認をするどころではない。

それはフェリも同じようで、寮母が出て行ってすぐ、扉についている内鍵を閉めた。

くるりと振り返る。

「――それで、姫様。どういうことです？」

表情こそあまり動いていないが、彼女が驚いているのは分かっている。何せ私のことを『姫様』と呼んだから。

国では彼女は私のことを『姫様』と呼んでいたのだ。どこで正体がバレるか分からないのでここでは『お嬢様』にしてもらっているのだけれど、今の彼女には取り繕う余裕もないようだ。

まあ、当たり前か。婿を探しに来た私が、留学初日に『一目惚れした』なんて言い出したのだから。

私は窓の付近に設置してあるベッドに腰掛け、フェリに言った。

「どういうことも何も、言った通りよ。私、クロムに一目惚れしたの。その……ね、彼、格好良かったじゃない？」

「……はあ」

先ほどの彼の姿を思い出す。

「まずあの目ね。灰色だと思うんだけど、すっと細められた視線の強さにゾクゾクしたわ。あ、あと意外と睫《まつげ》が長いみたいなのよ。意志の強そうなしっかりした眉の形も良かった。鼻筋もすっと通っていたし、薄い唇は好みだわ。全体的にシャープな顔立ちだったでしょ？　体つきも細身だったけど、あれは相当鍛えているわよ。首筋を見たけど、鍛えている人の張り方だったし。あ、野生の狼を思い出すようなピリッとした雰囲気も好き。隙がないのよね。きっと全方位に意識を張り巡らせているんだわ。それにね、ただ親切で助けてくれたみたいなの。それってすごいことだと思わない？　こんな人がいるんだって感動したし、それが私の好きな人だなんて、最高に見る目があるでしょ！　ああ、私を助けてくれたクロム、本当に素敵だった。立ち姿も格好良かったし、もう、なんていうか、全てにおいて完璧だと思ったの！　分かる⁉」

「すみません。分かりません」

立て板に水の如く話す私に、フェリがドン引きしたような顔をする。

「姫様って、恋をするとそんな残念な感じになるんですね。知りませんでした」

「残念って何よ！　でも、仕方ないじゃない。人生で初めての一目惚れ。初めて人を好きになったのだもの。はあ……黒髪って素敵よね。精悍な雰囲気が増すような気がするわ」

「残念さに拍車がかかっている」

「うるさいわよ！」

真顔でツッコミを入れてくるフェリに言い返す。自分でもずいぶんと舞い上がっている自覚はあるが、初めての恋に浮かれるのは仕方のないことだと思う。

そうしてはたと気づく。

「そういえば、彼みたいなタイプは私の見合いに来たことなかったわね」

父の用意する相手は、基本的には文武両道だったが、どちらかというと文官寄りだったのだ。夫として、私の助けになるようにとの考えからだったのだろう。しかし今日初めて知ったが、私のタイプはゴリゴリの武人タイプだった。なるほど。私が見合い相手を気に入らないわけである。

フェリが淡々と告げる。

「考えてみれば姫様は昔から『強者《つわもの》！』という雰囲気を出しているタイプに大喜びで懐きに行っていましたものね。皆が怖がるような人にも姫様だけは嬉しそうに近づいて。……私のことも最初から怖がりもせず、目を輝かせて近づいてきましたし……なるほど、男性の好みも同じでしたか」

「い、いいでしょ、別に」

子供の頃の話をされ、顔が赤くなる。

私は昔から強い人が好きだったのだ。フェリの言う通り、強者と呼ばれる人に強く憧れを抱いていた。だって、格好良いから。それが男の好みにも繋《つな》がるとは思わなかったが、つまりはそういうことなのだろう。

「しかし、クロム・サウィンでしたか」

「……何？　何か問題でも？」

考えるような仕草を見せたフェリに尋ねる。フェリは否定するように首を横に振り、淡々と言った。

「いえ、問題はありませんよ。確か、フーヴァルのサウィンといえば、サウィン公爵家のことだと記憶していますから。サウィン公爵家には息子がふたりいて、すでに長男は成人して結婚していたはず……となると、クロム様は次男ということになりますね」

「公爵家の次男！　理想的じゃない！」

フェリの話を聞き、目を輝かせる。

公爵家ゆかりの者だとは分かっていたが、まさか次男だとはなんと運が良いのだ。

どこの国でも家を継がなければならない長男を婿に貰《もら》うのは難しい。だが、次男以下になれば、話はとても簡単になるのだ。

次男や三男とは、長男の代わり。

長男が無事に成長すれば不必要となるので、彼らは自ら生きていく術《すべ》を探さなければならないのだ。長男と次男では扱いが天と地ほどに変わる。

厳しい話だが、貴族社会とはそういうもの。

そしてクロムがその次男であるというのは、婿を探さなければならない私にとって朗報でしかなかった。

次男なら婿に貰いやすい。しかも公爵家の人間なら身分も問題ないし、我ながら文句のつけようのない人物に惚れたのではないだろうか。

「私、クロムを伴侶にしたいわ！　絶対、絶対に彼がいいの！」

一目惚れなんて、この先するとも思えない。しかも相手は、名門フーヴァル学園の生徒で公爵家の次男。これ以上の男が現れるとも考えられなかった。

必死に訴えると、フェリは「まあ、いいんじゃないんですか？」と至極どうでもよさそうに言った。

「姫様好みの男性が、そうそういるとも思えませんし、反対する理由もありませんし。あ、姫様、もしかして気づいていませんか？　サウィン公爵家の現公爵はあの拳聖ですよ。姫様が一度会ってみたいと仰っていたフーヴァルの拳聖」

「嘘！　フーヴァルの拳聖⁉」

フェリから言われた言葉に目を見張った。

フーヴァルの拳聖。

それは、フーヴァル近衛騎士団、団長の別名として広く知られている。

騎士団の団長なのに、拳に魔力を纏《まと》って敵兵を殴りつけていくスタイルで、武器を持った相手にだって一歩も退かないどころか、百戦百勝の猛者。

私も体術を駆使して戦うタイプなので、昔からとても憧れているのである。

「クロムって、拳聖の息子なの⁉」

「サウィンの名を冠しているのですから間違いないでしょう」

「うわあああ！　だからあんなに引き締まった体つきをしていたのね！　納得だわ！」

興奮気味に言う。

まさか一目惚れした相手が、長年憧れを抱いている人物の息子だとは思いもよらなかった。

「つ、つまり、クロムと結婚したら、拳聖は私の義理の父親に⁉」

「そうなりますね」

「うっそ、最高じゃない‼」

輝かしい未来を想像し、拳を握った。

こうなれば絶対に、クロムを手に入れるしかない。

彼のことを知れば知るほど、クロムでなければという気持ちになってくる。

「私、絶対にクロムと結婚するわ」

鼻息も荒く宣言すると、フェリは「そうですか」と表情乏しく頷いた。

「頑張って下さい。今までの見合い全て連戦連敗の姫様に、想い人を手に入れることができるかは甚だ疑問ではありますが、努力しなければ始まりませんからね」

「……」

言われた言葉に、固まった。

確かにフェリの言う通り、私は今まで全ての見合いに失敗している。

それは私が悪いわけではなく碌な男がいなかったからなのだけれど、失敗を重ねているのも事実。

つまり何が言いたいかと言うと、成功するビジョンが見えないということ。

どういう行動を取ればクロムに好いてもらえるのか、それが全く分からない。

「……どうすればいいと思う？」

せっかく好きな人ができたのだ。絶対に両想いになりたかった私は、恥を忍んでフェリに聞いた。

下手なことをしてクロムに嫌われるのだけはごめんだ。

縋《すが》るようにフェリを見ると、彼女は呆《あき》れたように言った。

「私に聞いてどうするんですか、姫様。私ですよ？　人間の恋愛に私が詳しいとでも本気で思っています？」

「う」

否定のしようもない言葉に、怯みそうになる。だが、こちらも必死なのだ。

「す、少なくとも私よりは詳しいじゃない！　フェリ、人を観察するのが趣味みたいなところあるでしょ⁉　長年人を見てきたその審美眼を今こそ私のために役立ててよ！　私が好きな人に振られても構わないって言うの⁉」

フェリの趣味は人を観察することだ。そんな彼女なら、クロムにどうすれば好かれるか分かるのではと一縷《いちる》の望みを託して叫ぶと、彼女は面倒そうに言った。

「……確かに姫様よりは詳しいですけど。でも、私は一般的な意見しか言えませんよ？　クロム様がどんな性格をしているのか知らないんですから。それでもいいって言うのなら、言いますけど」

「それでいい！　それでいいからお願い！　クロムに絶対嫌われたくないの！」

藁《わら》をも掴む気持ちで頷く。フェリはため息を吐きながら言った。

「一般的な男性は、いわゆる『深窓の令嬢』に弱いです。守ってあげたい……とそう思わせる女性に惹《ひ》かれやすい。姫様もそれはよくご存じなのでは？」

「深窓の令嬢？」

「ええ。上品で大人しく、ナイフやフォークよりも重いものを持ったことがない、戦うことなど当然できない、誰もが守ってあげなければと思う女性です。姫様が見合い相手から求められていたイメージそのものですね」

「……」

フェリから告げられたことを聞き、閉口した。

今までの見合い相手を思い出す。確かに彼らは私に『ただ守られるだけの弱い女性』であることを望んできた。賢く、相手を一撃で沈める女は要らないとそう言ってきたのだ。

男を立てることのできる、出しゃばらない賢女。

彼らが求めるのはそういう女性で、フェリはそれこそが一般的にも正しいと言っているのだ。

「無理でしょう？」

確信めいた口調に、咄嗟には答えられなかった。フェリから顔を背けながらも、なんとか口を開く。

「そ、そんなことないわ」

「どちらかといえば『私の後ろにいなさい。守ってあげるわ』タイプの姫様の真逆ですけど」

「……」

「見た目だけなら、完璧なのですけどね。性格がそれでは……いえ、もちろん次期皇帝としては正しいと思うので、姫様はそれでいいと思いますが」

つらつらと続けるフェリの言葉を呆然《ぼうぜん》と聞く。彼女はとどめとばかりに余計なことを言ってくれた。

「ほら、姫様の従妹のマチルダ様。彼女がまさにそういうタイプですね」

「マチルダ……」

マチルダというのは、私よりひとつ年下の従妹だ。

彼女は柔らかな物言いと、おっとりした性格をしていて、とにかく男性にモテていた。すでに婚約者も決まっているというのに求婚者は後を絶たず、多分、帝国一のモテ女は彼女だと思う。

私も何度か見合い相手に、彼女のようであればと言われたことがあり、その度に「私と彼女は違う」と言い返してきたのだけれど。

「マチルダのような女……」

彼女のことを思い出す。

マチルダは室内で読書や刺繍《ししゅう》をしているのが好きで、戦いなどとんでもないという、男性が理想とする女性だ。私も彼女のことが好きで、守ってあげたいと思っている。

「……た、確かにマチルダはモテるわね。分かるわ。私もマチルダのことは好きだし」

否定のしようもないので頷く。フェリが残念そうに言った。

「そういうことです。とにかくこれが一般的に男性が好む女性像ですね。参考になりましたか？」

「腹立たしい限りだけれど、参考にはなったわ。マチルダと言われれば納得できるし。……なるほど。私もマチルダのように振る舞えば、クロムに好いてもらえると、そういうことね？」

確認するようにフェリを見る。フェリは意外そうに私に言った。

「まあ、そうですね。とはいえ、姫様には無理でしょうけど。さて、一般論が不可能と理解してもらえたところで、あなたにもできそうなことを――」

「何言ってるの。私、この方法で行くわよ」

「えっ……」

ギョッとした顔でフェリが私を見てくる。今日のフェリはいつもと違って、ずいぶんと表情が豊かだなと思った。

「この方法で行くって言ってるの。だって、クロムに好いてもらえる可能性があるんでしょ？　それならやるわよ。深窓の令嬢よね？　大丈夫、私だって女だもの。やってやれないことはないと思うわ」

「……今まで散々、そういう女性像を求められて怒りくるってきた姫様が？」

信じられないという顔をするフェリに、私は腰に手をやり、堂々と言った。

「どうでもいい男相手にやるわけないじゃない。でもクロムなら話は別。好きな人に好かれるためならやるわよ。当然でしょ」

ムカツク男の要望に応える気はないが、好きな男がこちらを見てくれる確率が上がるというのなら、私とは正反対の女であろうと演じてみせる。

フェリが気が進まなそうに言う。

「止めておいた方がいいですよ。それで好きになってもらっても、実際の姫様とは違うわけですし。思っていたのと違うと言われて振られるのが関の山かと」

「とりあえず振り向いてもらうためにやるの！　そのあとはクロムの様子を窺《うかが》いながら少しずつ本来の私を見せていくのよ。段階を踏むの。そうすれば違和感なく本来の私にスライドできるはずだわ」

「違和感しかないと思うんですけどねえ」

「うるさい！　やってみなければ分からないでしょ！」

挑戦することは大事だ。

とにかくクロムの気を引けなければ始まらない。

明日から私は深窓の令嬢になる。

深く決意する私を見たフェリが「続かないと思いますけど」と言ったが、腹立たしかったので聞かなかったことにした。

間章　公爵令息も一目惚れする

「信じられない……」

小さく呟き、己の顔を手で押さえる。鏡で見たわけではないけれど、多分その顔は真っ赤になっていると、誰に指摘されなくても分かっていた。

◇◇◇

クロム・サウィン。

公爵家の次男として生まれた俺は、二年前、フーヴァル学園に入学した。

この学園を卒業すれば箔《はく》がつく。それは次男である俺にとっては見逃せないことだった。

次男である俺は、家を継ぐことができない。それはつまり、成人後は自分の力だけで生きていかなければならないということで。

通常、次男や三男は婿入りを狙うことが多いのだけれど、俺としてはできるだけ避けたかった。

女性が苦手なのだ。

子供の頃から父に憧れ、武術、体術などを極めてきた俺から見れば、蝶《ちょう》よ花よと育てられた貴族女性は、皆触れただけで壊れてしまいそうに思える。

そのくせ、こちらが驚くほど積極的に絡んできて、どう応じればいいか分からなかった。

女性たちの目はギラギラしていて、俺に狙いを定めているのは分かるが、正直そういうのは遠慮したい。

俺は相手を探るような付き合いは苦手だ。分かりやすく拳を交えて語り合いたい。

だが、女性にそれを求めるのが間違いだということも分かっていて、俺は早々に婿入りという選択を諦めた。

こうなったら自身の力でのし上がろう。食《く》い扶持《ぶち》分くらいは自分で稼げるようになろう。

そのためにフーヴァル学園へ入学することを決めた。ここを優秀な成績で卒業すれば、就職先には事欠かない。それなりの給与を得られる仕事に就けるだろうという目算があった。

そうして学園生活も二年が終わり、いよいよ明日からは最終学年である三年。

前回の成績は学年首位で終えることができた。これを維持して卒業できれば、父が所属する近衛騎士団への推薦状だって入手可能になる。

新学期が始まるまでの長期休みということで、今日まで公爵家に帰っていたが、こちらに戻る前、父からも期待しているという言葉を貰えた。

尊敬する父からの言葉を嬉しく思いながら寮へと戻る。その矢先だった。

偶然目にしたのは、寮の前庭でひとりの女性を囲む同級生たちの姿。

同級生たちは女性に学園を案内するなどと言っているようだったが、当の本人はどう見ても嫌がっている。

それでも彼らは退く様子を見せない。

これはさすがに駄目だろう。見ていられなくて、割り入った。

嫌がる者に無理強いはいけない。だから解放してやれとそう言うだけのつもりだったのに――。

美しく輝く瞳に全てを持って行かれた。

こちらを見る青い目の力強さに心臓を鷲《わし》掴みされたような心地になる。

時間にして一瞬。だけど永遠とも思える時が流れたように俺には思えた。

――綺麗、だ。

今まで女性に対して一度だって思わなかった気持ちを抱いた。

全身がカッと熱くなる。美しい瞳に俺をもう一度映して欲しくて――そこで初めて彼女の容姿が非常に優れていることに気がついた。

まるで人形のように整った顔立ち。真《ま》っ直《す》ぐな茶色の髪は艶めいており、光が綺麗に反射している。

教会に描かれた宗教画を思い出す。計算し尽くされた美貌の天使たち。その天使が現実に現れれば彼女になるのではないかと本気で思った。

それくらい、浮世離れした美しさだったのだ。

「っ……！」

強烈な美に釘付《くぎづ》けになる。だけどやはり俺を一番引きつけたのは、彼女の瞳だ。強い意志を感じさせる目の力が堪《たま》らなくそそられる。

彼女に見惚れ、だけどそんな場合ではないと、なんとか彼女にたかっていた男たちを追い払った。

いつまで経っても収まらないドキドキに振り回されながらも互いに自己紹介をし、別れる。

歩いている間も胸の高鳴りは収まらなかった。

それでもできるだけ自然な様子を装い、寮に入る。

「……はあ」

緊張が解け、息が勝手に零《こぼ》れる。

自分に何が起こっているのかなんて、とうに理解していた。

そうだ、俺はディアナに一目惚れしたのだ。

恋なんて無縁だと今の今まで思っていたのに一瞬で覆されることになるとは思いもしなかったが、出会いというのはそういうものだろう。

恋は落ちるものだと有名な詩人が詠《うた》っていたが、まさにその通りだと頷ける。

抵抗のしようもなく、真っ逆さまに落とされた。

恋愛なんてなんの興味もなかったのに、今や俺は、どうやったら彼女に意識してもらえるか、そんなことばかり考えているのだから。

先ほどまでの、将来を真面目に考える俺はもうどこにもいなくて、今の俺は、彼女のことしか考えられなかった。

「……ブラン。ちょっといいか？」

寮内に入った俺は、自室ではなくその隣の部屋の扉をノックした。

誰かに今の心境を語りたい。そう思ったからだ。

しばらくして扉が開く。出てきたのはピンク色の長髪に紫色の瞳という、なんとも派手な色彩を持つ男だ。彼は俺に気づくと、目を柔らかく細めた。

ブラン・ロイド。

ロイド伯爵家の長男で、俺と同じ学年、同じクラスに所属している。

彼とは親友と言って良い間柄で、何はともあれまず彼には話しておかなければと思っていた。

「クロムじゃん、お帰り〜。ん、もしかして今、実家から帰ったの？」

軽い口調で話しかけてくるブランに頷く。

「ああ、そうだ。ところでブラン。早速だが、俺の話を聞いてくれないか」

「えっ、いいけど。本当に急だね〜」

それには返事をせず、室内に入る。

ブランの部屋の造りは、隣室の俺と基本的には同じだ。二間続きになっていて、プライベートを守るため、風呂やトイレが別にある。

広さもそこそこあり、不足はない。皆、家具類なんかは各自で持ち込んでおり、そのため部屋の雰囲気は個人個人で全然違った。

ブランの部屋はゴチャゴチャとしていて、物で溢《あふ》れ返っている。

ブランの趣味は買い物なのだ。フラッと出かけては、色んなものを買って帰ってくるのだけれど、そろそろ置き場にも困るから止めれば良いのにと思う。

「適当に座って～」

ブランの言葉に頷き、近くにあったソファに腰掛ける。ブランは俺の正面にあった肘掛け椅子に座った。

「で、何？　話って。実家で何か言われたの？」

「いや、実家はいつも通りだ。問題ない。そうではなく、つい先ほど留学生が来たのだが、お前は知っているか？」

「留学生？　ああ、一年間の短期留学生が来るって噂になってたアレ？　へえ、今日来たんだ。俺は見てないけど、クロムはその子を見たの？」

「ああ。天使が地上に舞い降りたのかと思った」

「へ？」

本心から告げたのだが、何故かブランは固まった。俺を凝視し、「もう一度言ってくれる？」と言ってくる。

「だから、天使が地上に舞い降りたのかと――」

「聞き間違いじゃなかった！　まさかクロムの口から天使とかいう言葉が出てくるとか思わなかったんだけど！　え、どういうこと⁉　天使が留学生だったの⁉　全然分からないんだけど！」

「落ち着け。天使が留学してくるはずないだろう。天使のように美しいと言っただけだ」

うわあ、と声を上げながら混乱するブランを宥《なだ》める。そうして一番伝えなければと思ったことを言った。

「留学生は女性で、男性生徒たちに囲まれていたんだ。偶然会って助けたのだが……その、恥ずかしながら彼女に一目惚れしてしまったみたいで」

「ひっ、一目惚れ⁉　朴念仁のクロムが一目惚れしたの⁉」

「いちいち失礼な奴《やつ》だな。俺だって人を好きになることくらいある」

「ええー、天変地異が起こってもあり得ないと思っていたけど。へえ、君って外見に惚れるタイプだったんだ。意外～」

「別に外見だけが好きなわけじゃない。最初に惹かれたのは目だ。彼女の強い目力に心を持って行かれたんだ。そのあとに彼女を改めて見て……だな」

「なるほど。まずは目に惚れて、そのあとに容姿を見てとどめを刺された……みたいな感じ？」

「そう、だ」

その通りだったので頷く。

多分、外見だけなら惹かれはしなかっただろう。あの目を見たあとだからこそ、ハマったのだと思う。

美しい女性らしい外見を裏切る強者を思わせる力強い目。正反対のものが同居している美しさに俺は惹かれたのだと今はそう認識している。

「へえ……本気なんだ……」

「当たり前だ。冗談で好きになるわけがないだろう」

「ま、それはそうだろうけどさ」

面白いものを見つけたような顔をしてくるブランに少し苛立ったが、それは無視して本題に入る。こんなところで怒っている場合ではない。彼には聞きたいことがあるのだ。

「それで、だな。俺がお前に聞きたいのは、どうすれば彼女と親しくなれるか、なのだが」

「その天使ちゃんと？」

ふざけた呼び方に眉が寄った。

「なんだ、その呼び方は。彼女にはディアナという名前がある。どうやらソーラス公爵の関係者のようだったが」

「ソーラス公爵の？　じゃ、結構な家の娘さんなんだね、その天使ちゃんは。で、君はその天使ちゃんと仲良くなりたいと、そういうわけだ」

「だからその天使ちゃんというのを――はあ、もういい。とにかく、だ。彼女と親しくなる良い方法はないか？」

ブランには老若男女、誰とでも親しく話すことができるという特技がある。

女性と何を話せば良いのか分からない俺に、何かヒントをくれたら。そういう気持ちで尋ねたのだ。

「うーん。仲良く、かあ。でももうお互い自己紹介してるわけでしょ？」

「ああ」

「それなら気にせず、普通に話しかけてみたら？　その天使ちゃんを助けたっていうんなら、きっと君のことを覚えているはずだし、案外すぐに仲良くなれるかもよ？　ええっと、クラスは聞いてる？」

「……座学科だと言っていた」

「あらら、残念」

学年にはふたつクラスがあり、専攻学科で分けられている。

俺とブランは魔法科。彼女は俺とは別の座学科なのだ。

「そっかあ。同じクラスだとやりやすかったのにね。ま、それは言っても仕方ないから、とにかくまずは話しかけること。お互い『あの時の！』となったら話題も広げやすいでしょ」

「……分かった。やってみる」

自分から女性に話しかけることなどしたことがないが、そうしなければ彼女と接点は作れない。

重々しく頷くと、ブランは「まあ、気軽にやってみなよ」と一番難しそうなことを言い、俺を見事に困らせた。

第二章　次期女帝は失敗する

留学初日に一目惚れなんてものをした私は、次の日、フェリと一緒に張り切って登校した。

今日から私は深窓の令嬢として頑張るのだ。そうしてクロムを惚れさせる。

昨夜、頭の中で何度もシミュレートしたことを思い出す。私にどこまでマチルダのような真似ができるかと不安はあったが、彼の心を摑むためならできなくてもやるしかない。

母譲りの外見で、ある程度は誤魔化せるだろう。とにかく想い人を釣り上げることに注力するのだ。

「この制服、可愛いわね」

登校しながら、自分が着ている制服を見る。

昨日、届けられた制服は、フーヴァルの軍服を基にしている。

黒を基調としていて、所々に赤のライン。かっちりとした雰囲気が素敵だ。

学生らしく、スカートは膝丈で動きやすい。スカートの下に半ズボンを穿《は》いているのだけれど、中を見られても良いようにとの対策なのだろうか。体術を基本として戦うので、そういう配慮は有り難い。

男性も基本のデザインは同じだ。こちらは長ズボンになっている。

フェリが私を見て嫌そうに言う。

「フーヴァルの軍服を基にしているってところがどうかと思いますけどね。外国からも生徒は集まってくるのに。しかも姫様は皇族ですよ？　その姫様にその制服は……」

「分かっていて留学してるんだから、文句を言っても仕方ないでしょう？　それにこれは軍服ではなく制服なの。別にフーヴァルの正規兵になったとかじゃないんだから。フェリは気にしすぎなのよ」

「……分かっていますけど、姫様にはやっぱりメイルラーン帝国の軍服が一番お似合いになると思いますから」

「軍服が似合うと言われても嬉しくないけどね。とにかく、これはただの制服だから気にしないこと。分かった？」

「……分かりました」

顔を歪《ゆが》めつつも、フェリが頷く。

彼女はメイルラーンという国――いや、皇族を深く愛してくれている。だからこそ、些細《ささい》なことが気になるのだろう。

祖国を思ってくれる彼女の気持ちは嬉しいので、あまり強くは言わないでおく。

そのフェリだが、彼女はメイド服を着ていた。メイルラーン帝国のものではない。お世話になっている叔父の家、ソーラス公爵家から借りたものである。

足首まで長さのあるクラシックスタイルのメイド服は彼女によく似合っていたが、如何せん制服の生徒しかいない場ではとても浮く。

先ほどから、おそらく始業式が終わったあとであろう生徒たちにジロジロと見られているような気がするのは、多分、気のせいではない。

どうしてメイドを連れて来ているのかと不審がられているのだ。

「王族以外は護衛を連れ歩かないのが普通って学園長も言ってらしたものね。目立つのは仕方ない、か」

「単純に姫様……いえ、お嬢様が目立つ容姿をしているからだと思いますけど」

「……行くわよ」

私のせいだと言われ、話を変えた。自覚がないわけではないのだ。

皆は、教室があると思われる方向へ歩いていったが、私は彼らとは違う方角へ向かった。

目的は、職員室。

職員室へ行くのは昨日、寮母に登校時間を教えられた際、まずはそちらに行くようにと告げられていたからだ。

中に入ると、すぐに三十代くらいの男の先生がやってきて、好意的な態度で話しかけてきた。

「あなたが留学生のディアナさんですか？」

「はい。ディアナ・ソーラスと言います。後ろにいるのは、護衛のフェリです」

紹介すると、先生はフェリに目を向け、頷いた。

「あなたの事情は学園長から一通り聞いています。一年間、有意義に過ごして下さいね」

「ありがとうございます」

職員に話を通してくれたのは有り難い。

先生について歩き、教室棟へ向かう。建物二階の奥側にある教室。私がこれから一年間通うことになる場所だ。

先生が教室の扉を開け、中に入る。

教室は階段状になっていて、各々好きな席に座っているようだ。生徒の数は三十人ほど。

始業式が終わった直後だからか、クラス内の雰囲気は緩い。

私たちが教壇の前に行くと、皆の視線が集まった。先生が口を開く。

「皆さん、今日からクラスメイトとなる生徒を紹介します。ディアナ・ソーラスさんです。ソーラスさん、自己紹介をお願いします」

先生の言葉に頷き、皆の方を向く。

出だしが肝心だ。

『私は、深窓の令嬢、深窓の令嬢』と何度もおまじないのように呟き、自分に言い聞かせてから、にこりと笑みを作る。

「皆様、初めまして。ディアナ・ソーラスと申します。出身はメイルラーン帝国。一年という短い期間ではありますが、どうぞ宜しくお願い致します」

「ソーラスさんは、ソーラス公爵の遠縁だと学園長先生からは聞いています。また、彼女は短期留学生ということで、今回特別に護衛を付けることを許可されていますので、皆さんもそのつもりで」

先生の合図で、私の近くに控えていたフェリが微《かす》かに頭を下げる。

無事、挨拶を済ませたあとは、好きな場所に座るよう言われた。そのまま授業が始まったので、昨日渡された教科書を開き、集中する。

さすがに大陸一の名門校なだけあり、授業のレベルは高かった。城の家庭教師たちが教えてくれることに勝るとも劣らない。

私の家庭教師たちは皆、有名な学者だったりするので、そのレベルと同等というのはすごいと思う。

「では、今日はここまで」

ひとつめの授業が無事終わり、先生が出て行く。担任は座学のうち、外国語学を担当していて、全部を教えているわけではないのだ。

というか、始業式のあった日から通常通り授業が始まるのが、さすがはフーヴァル学園といったところだろうか。学問に対する取り組み方に非常に好感が持てる。

さて、次はどんな授業だろうと思っていると、隣から「あの」と話しかけられた。

振り向くと、そこにはひとりの女子が立っている。

「ええと……」

「ソーラス公爵の遠縁とお伺いしました。私、アマネ・リーヤンと申します。侯爵家の娘ですわ。ソーラス公爵様には父が懇意にしていただいておりますの」

「……ディアナ・ソーラスよ」

分かりやすい自己紹介に苦笑しそうになった。

父親のためにも、ソーラス公爵の遠縁である私と仲良くしておこうということなのだろう。

貴族社会ではよくある話だ。親のため、家のために動くというのは。

その辺りはよく分かっているので、笑顔で対応する。

マチルダを思い出し、できるだけ柔らかな応対を心がけた。深窓の令嬢らしく控えめに笑い、優しげな口調で話す。

「宜しく。フーヴァルは初めてなの。色々教えてくれると嬉しいわ」

マチルダを見習った優しい（私基準）笑みを浮かべると、アマネは「まあ」と頬を染めた。

どうやら深窓の令嬢作戦は、女性にも有効らしい。

それはそれで便利だなと思っていると、教室がざわざわとし始めた。なんだろうと思っていると、教室の一番上の席から誰かが降りてくる。

優雅な立ち居振る舞いは見事なもので、感心していると、その人物は私のところへやってきた。

そうして一言。

「やあ、ディアナ。久しぶりだね」

「っ!?」

反射的に立ち上がった。

私に向かってにこやかに微笑む金髪碧眼《へきがん》の優しげな美青年。柔らかな雰囲気を持つ長身の彼が誰なのか、よく知っていたからだ。

オスカー・フーヴァル。

彼はこの国、フーヴァル王国の第一王位継承者。王太子だ。

当然、国を継ぐ者同士なので面識はある。というか、ほぼ幼馴染《おさななじ》みみたいなものだ。

夜会や国同士の話し合いで何度も顔を合わせてきたし、親睦を深めておけとふたりきりで放置されたことも数知れず。

つまり、彼は私がメイルラーン帝国の皇女だということを知っているのだ。

――な、なんでこんなところにオスカーが。

オスカーとはここ五年ほど会っていなかったせいか、フーヴァル学園に入学していることを知らなかった。しかも同じクラスとか。

逃げようのない状況に唖然《あぜん》とする。

驚きのあまり声も出ない私に、オスカーは実に嬉しげに言った。

「いやあ、本当に何年ぶりかな。まさかこんなところで君に会えると思わなかったから嬉しいよ。留学するなら連絡してくれたら良かったのに」

私との再会を喜んでいるのが伝わってくる言葉に、アマネが「まあ」と口元を押さえる。

「もしかして、ディアナ様とお知り合いでしたか、殿下？」

「うん、実はそうなんだ。彼女とは幼――」

「うわあああああああああ!!」

慌てて大声を上げ、オスカーの言葉を遮った。

こんなところで私が私だとバラされるのは困る。私は勢いよくオスカーの腕を掴んだ。

「ちょっと、来て‼」

「えっ」

「いいから！　話があるの‼」

カッと目を見開き叫ぶと、彼は「ウ、ウン」とびっくりしたように頷いた。そのまま彼を教室の外に連れ出し、近くの空き教室へと連れ込む。

一瞬で、深窓の令嬢の仮面が剝がれ落ちたような気もするが、今はそんなことを考えている場合ではない。大事なのはこちらだ。

中に誰もいないことを確認してから、大きく息を吐く。オスカーの腕を離すと、彼は「驚いたのは私の方なんだけど」と言った。

「……驚いたわ」

オスカーと相対する。久しぶりに会った彼は、記憶よりもずいぶんと大人になったように思った。身長だって昔は低くて、そのことを彼は大分気にしていたのに、今では私よりも高い。

更に言うのなら、小さい頃の彼は太っていたのだけれど、別人のようにスリムになっている。皆が憧れる、これぞまさに王子様！　と言わんばかりに成長した彼を改めて見て、会っていなかった五年という月日は思いの外長かったのだなと感慨深い気持ちになった。

「成長したわね〜。あのオスカーがこうなるとは、想像もしていなかったわ」

しみじみと告げると、オスカーは「そうじゃないんだよ」とがっくりしたように言った。

「一体どういうこと？　いきなり短期留学生として来るなんて、全然聞いていないんだけど。それとその髪と目の色は？　当然事情は話してくれるんだろうね」

「……話すわよ」

いきなり知り合いと遭遇するとか運が悪すぎる。

目的を隠して怪しまれるよりは、最初に全部話しておいた方が良いだろう。そう考えた私は、留学の目的をオスカーに告げた。

「――とまあ、そういうことなの。私は結婚相手を探すためここに来たわけ。髪や目の色が変わっているのは正体を隠したいという私に配慮してくれた学園長の手配だし、学園に話はきちんと通しているから不正ということでもないわ。試験もちゃんと受けたし。分かった？　あなたも私のことは誰にも言わないでよね」

「あ、うん。それは分かったけど……でも、え？　自分で結婚相手を探すの？　次期皇帝の君が？」

「仕方ないじゃない。国には碌な男がいないんだもの。それに、もう見つけたわよ。私、彼と結婚したいの！」

昨日会ったクロムについて話すと、オスカーは目を丸くした。

「よりによって、クロム・サウィンに目をつけたのか！　いや、確かに彼は優秀な男で、君の伴侶となるのに不足はないと思うけど」

「すっごく素敵よね。私、一目惚れなんて初めてしたわ」

「一目惚れ？　君が？　男に？」

「何よ、文句ある？」

胡散臭《うさんくさ》そうに見られ、堂々と言い返した。

「とにかく私は、クロムとお近づきになりたいの。そのために作戦だって考えた。だから邪魔しないで欲しいの」

「……クロム・サウィンは次男だし、彼が頷くのなら勝手にすればいいと思うけど……君、そんな男勝りな性格で彼を本気で落とせると思っているのかい？」

「失礼ね！」

真顔で言われたことに腹を立てた私は、足を踏み出し、流れるような動きで鳩尾《みぞおち》を攻撃した。私の動きを読めなかったオスカーがその場にお腹《なか》を押さえて蹲《うずくま》る。

「か、かはっ……ディアナ……君、以前よりも強くなっていないかい？　普通に動きが見えなかったんだけど……」

「当たり前よ。一日だって鍛錬は欠かしてないもの。次期皇帝ともなれば、暗殺は日常茶飯事。自分で対応しなければ待っているのは死よ。それはあなたも同じでしょう？」

「そ、それはその通りだけど、君はちょっと強くなりすぎていると思うんだよなあ……」

「許容範囲内よ」

「……そうかなあ」

お腹を押さえながら、オスカーがよろよろと立ち上がる。衝撃が残っているのか、ふらついていた。

「いやあ、昔、君に投げ飛ばされた時のことを思い出したよ。いやいや、君は本当に変わっていないね」

「あなたはずいぶんと変わったみたいだけど」

苦笑するオスカーを見ながら答える。

オスカーは、昔はとても嫌な奴だったのだ。女を馬鹿にする、上から物を言う典型的なクソ野郎で、最初は我慢していたのだけど、堪忍袋の緒が切れた私はある日、思いきり彼を投げ飛ばしたのだ。

その日以降、今日まで彼とは会っていなかったのだけれど、ここまでガラリと変わっているとは思わなかった。

彼が苦い顔をしながら言う。

「初めに話を振ったのは私だけど、昔のことはあまり言わないで欲しいな。なかなかに黒歴史なんだ。今考えると、君に投げ飛ばされたのも当然だと思うけど、それまでの私は本気で自分以外の人間、特に女性を低俗な生き物だと考えていたからね」

「本当にクソね」

「……女性がそんな言葉を使うんじゃないよ。それに今はそんなこと思っていない。君に投げ飛ばされて目が覚めたからね。あれから、少しでもマシな自分になれるように努力しているんだけど……君から見てどうかな?」

「少なくとも以前のあなたよりは好感が持てると思うわ」

改めてオスカーを見る。

「実際どう変わったのかは、再会したばかりで分からないけど。でも……ええ、今のあなたは悪くないと思うわ」

彼の言葉のどこからも、私を馬鹿にする響きは感じないし、幼馴染みとして尊重してくれているように思える。今の彼なら普通に友人として付き合っていけそうだ。

そう正直に告げると、オスカーはホッとしたように言った。

「ありがとう。その評価が覆らないように頑張るよ。それでクロムのことだけど、作戦があるって言ってたね」

「ええ。世の中の男性は、いわゆる深窓の令嬢が好きなんでしょう？　だからこの学園での私は、その方向性で行くことにしたの。まずはこちらを気にしてもらわなければ始まらないものね」

「深窓の令嬢？　君が？」

目を丸くして言われ、ピキッとこめかみがヒクついた。

無理だろうとその表情が語っている。腹立たしく思った私はオスカーにずずいっと詰め寄った。

「ねえ。もう一撃、鳩尾に食らいたいわけ？」

「遠慮するよ。でも、君が深窓の令嬢だなんて言うから。だって、どちらかというと暴れん坊将軍って感じじゃないか」

「失礼ね！」

「ぐはっ」

さすがに二撃目は遠慮しようと思っていたのに我慢できなかった。拳で鳩尾を攻撃すると、オスカーがその場に頽《くずお》れる。

「き、君ね……」

「何よ、あなたが悪いんじゃない。それに鍛錬が足りないわよ。女性に攻撃されたくらいで膝をつくなんて、次期国王としてあまりにも情けないわ」

「いや、自慢するわけじゃないけど、実技の成績はかなり良い方なんだよ。君が強すぎるんだ……」

「お褒めの言葉として受け取っておくわ」

日々、努力しているので強いと言ってもらえるのは嬉しい。

にっこりと笑ってみせると、オスカーは「やっぱり深窓の令嬢なんて無理があると思う」と言って、再度私を怒らせた。

◇◇◇

一悶着《もんちゃく》ありはしたが、なんとか無事、オスカーに協力を取りつけた私は、早速『深窓の令嬢作戦』を開始した。

従妹のマチルダを思い出しながら、穏やかに微笑む。話し方もできるだけおっとりとした口調にし、なんなら『運動は苦手です』みたいな感じに振る舞うと——なんということだろうか。

びっくりするくらい、モテた。

顕著なのは男子生徒だ。彼らは、デレデレとした態度を隠しもせず、私に近寄ってくる。何か欲しいものはないかと聞き、私の世話を焼きたがるのだ。

はっきり言って、要らない。

「何、逆ハーレム作ってるんですか」

私の現状を一言でそう表現したのはフェリだ。彼女は男たちに傅《かしず》かれる私を見て呆れたように言った。

「ほら、言った通りでしょう？　深窓の令嬢に皆、弱いんですよ。今の流行は、守ってあげたい大人しくも可愛らしい令嬢。皆、そういうのが好きなんです」

「……そうね」

寮の自室。国から送られた座り心地の好《よ》いソファに腰掛けながら、フェリの言葉に同意する。

「フェリの言葉が真実だったのは認めるわ。でも私、別に男にモテたかったわけじゃないんだけど。私はクロムにモテたいだけなのに、そのクロムは来なくて、有象無象ばかりがやってくるとはどういうことなの!?」

ガンッとソファの肘掛け部分に拳を打ちつける。フェリが「傷みますよ」とおっとり指摘した。

私の拳ではなくソファの方を気にかけるとは何事だ。

怒りたいところではあったがグッと堪《こら》える。今はそれどころではないからだ。

「予定では、深窓の令嬢となった私の噂を聞きつけて、クロムが来てくれるはずだったの。なのに、授業が始まってひと月が経つというのに、一度もこっちのクラスに来ないというのはどういうことなの⁉」

そう、ひと月。入学してもうひと月が経っている。

それなのに私は目当ての男と一度も話せていないという始末。

これではなんのために『深窓の令嬢』を演じているのか、意味が分からない。

フェリが言って欲しくないことをズバリ、言う。

「姫様に興味がないとかではないですか？　噂は聞いていても、見に行こうとは思わなかった。それだけのことだと思います」

「止めて！　そういうことを冷静に言うのは！　傷つくじゃない‼」

「ですが、クロム・サウィン様はかなり硬派な方のようですし、噂を聞きつけて……みたいなタイプとは異なるかと」

「……そうなのよね」

ため息を吐く。

好きな人のことを調べるのは常識だ。

私には失敗が許されない。だから学園が始まってから私はクロムのことを調べまくった。

結果分かったことなのだけれど、彼は学年総合一位の優秀な成績を誇ると同時に女嫌いの硬派としても有名で、今までどんな女性がアプローチしてもビクともしない実績の持ち主だった。

「硬派な方なら深窓の令嬢作戦は間違っていないと思いますけど、そもそも女性に興味がないのでは姫様が何をしようが、向こうから行動を起こしてくるはずがありません」

「うぐぅ……」

尤《もっと》もすぎるフェリの言葉にはぐうの音も出ない。

女性に興味のない、硬派な男性。女と見ればヘラヘラするような男よりは好感が持てるけれど、全く興味がないというのも困る。

どうすれば、彼とお近づきになれるのか。

いっそ自分から行くかとも考えたが、深窓の令嬢は、男性に積極的に話しかけには行かないだろう。マチルダも基本、受け身だった。それでも最終的には自分の想う男の婚約者になっているのだから、やはり本物は違うということだろうか。

きちんと狙いの男を落とせている辺りは、とても尊敬する。

皮を被《かぶ》っているだけの私とは大違いだ。

「と、とりあえず、初志貫徹。路線はこのままで行くわ。でも――」

はあ、とため息を吐く。

実は、これから行かなければならないところがあるのだ。

場所は学園にある、南の庭園。そこに来て欲しいと帰り間際に真剣な顔で言われた。

相手は、オグマ・クレイグという私と同じクラスに所属する、侯爵家の嫡男。

性格は真面目。金髪のオールバックに眼鏡が特徴の彼は、実はオスカーの従者だったりする。

オスカーは王族なので、護衛として彼を連れているのだ。

オグマは生徒として学園に在籍しているが、立場的にはフェリと同じ。

だが、オグマは私が『帝国の皇女』であるとは知らない。オスカーが話していないからだろう。

そもそもオグマが従者になったのは、三年ほど前の話らしく、私とは面識がないのだ。

つまりどういうことか。

深窓の令嬢ムーブをする私に、普通に恋をしてしまったのである。

「本当にしくじったわ……」

まさかのオスカーの護衛に恋されるとか誰が想像しただろう。

最初、彼は私のことを胡散臭いものを見る目で見てきた。

主人に馴れ馴れしい女だと思ったのだろう。

だが、オスカーに『詳しくは話せないけど、彼女は私の幼馴染みみたいなものなんだ』と紹介され、そこからがらりと態度が変わった。

それなりに有名な公爵家が親類にいるというのも良かったのだろう。初めの態度が嘘のように私に対して丁重な態度を取るようになったのだ。

ちょっと上から目線なところがあるけど。あと、すぐに赤くなる。

じっと見つめると顔を赤くして「な、な、なんですか。そんなに僕を見ないで下さいっ」と視線を逸《そ》らしてくるのだ。

上から目線なのは、侯爵家の嫡男だと考えればある程度は仕方ないし、私と関係ないのだから別に勝手にすれば良いと思う。

そうしてオスカーを通じて自然と距離が近くなり、気づいた時には熱い眼差《まなざ》しを向けられるようになっていたというわけだった。

多分、私の深窓の令嬢ムーブがハマったのだろうとは思うが、別にオグマに好かれたいとは思わないので、普通に迷惑である。

もしかしてと気づいてからは、なんとか彼の想いの方向性を変えようと頑張ったのだが無理だった。

あと、距離を取ることも検討してみたが、それも難しかった。何せ、私の側には常にオスカーがいるので。

私としても自分を知っている人がいるのは楽なので有り難いのだけれど、オマケとして護衛であるオグマがついてくるのはいただけない。

なんとか告白されないようにと努力してみたが、それが実ることはなく、私は今、盛大にため息を吐いているのであった。

フェリが時計を確認しながら言う。

「姫様。そろそろ指定されたお時間ですよ。行かなくても良いのですか？」

「行きたくない……」

行かずに済むならそうしたい。

だが、オグマがオスカーの護衛である以上、今後も彼と顔を合わせることになるのは間違いない。

有耶無耶《うやむや》に誤魔化してしまいたいところだけれど、先を考えれば早めにケリをつけておいた方が良いのは確実で、私は渋々掛けていたソファから立ち上がった。

今は、放課後の少し遅めの時間だ。この時間を指定してきたのは、オグマがオスカーの護衛だから。

オスカーを自室まで送り届け、自分に与えられた護衛としての仕事を終えてからとなるとどうしても時間が遅くなってしまうとそういうことなのだろう。

事情は理解していたのでそこはなんとも思わないが、本当にどうしてこんなことになったのか。

私は想い人と親しくなりたくて、毎日深窓の令嬢の振りを頑張っているというのに、どうでもいい男が引っかかるとか泣けてくる。

「……行ってくるわ。フェリも来てくれるのよね？」

護衛であるフェリが私をひとりにするとは思わず尋ねると、彼女は「もちろんです」と頷いた。

「ですが、姫様を確認できる場所で隠れておりますよ。さすがに告白の場に顔を出すのは、ルール違反だと思いますからね」

「そうよね」

いくら護衛でも、そこは外して欲しいところだ。

足取りも重く、制服のまま寮を出る。まだ校門が閉まる時間には早いので、学園には普通に入れた。戻ってきた私を見た守衛が「どうしました？」と聞いてきたので「少し忘れ物が」と誤魔化しておく。まさか今から告白されるのでとは言えないからだ。

無事、待ち合わせ場所に行くと、そこにはもうオグマが緊張した様子で待っていた。

「……オグマ様」

「ディアナ様。そ、その……お呼び立てして申し訳ありません」

声をかけると、彼はハッとしたように私を見た。

私と同じ座学科に所属する彼は、オスカーの護衛という立場なだけあり、かなり優秀な生徒だ。

魔槍《まそう》の使い手で、実技では堂々の学園三位を誇る。

ちなみに一位はクロムで二位はオスカーだ。

主人の方が護衛より強いというのは問題のように思うが、多分、オスカーが強すぎるだけ。

昔の鈍くさかった彼を知っているだけに今のオスカーを意外に思うが、きっと彼も努力したのだろう。

正直、昔のオスカーはあまり好きではなかったが、今の彼のことは好きだし、友人だと思っている。

「……」

オグマが姿勢を正し、何度も深呼吸をする。その顔は緊張していて、これはもう間違いなく告白されるのだろうなと思った。

言わせたくないところではあるが、ここまで来てしまえば聞くしかない。黙って視線だけで先を促すと、彼は意を決したように口を開いた。

「その……ぼ、僕はですね……」

声がひっくり返る。ものすごく緊張しているのだなというのが彼の態度から伝わってきた。

顔も真っ赤だ。彼は私を真っ直ぐに見つめると意を決したように告げた。

「そ、その……あ、あなたがどうしてもと言うのなら、付き合ってあげなくもないですよ!」

「へ……」

「だ、だから! あなたがどうしてもと言うのなら、付き合ってあげなくもないと言っているのです! この、クレイグ侯爵家の嫡男である僕が!」

「……」

告げられた言葉を理解し、目を見張った。

まさかこう来るとは思わなかったので、反応できない。

「え、ええと……」

「ぼ、僕は別に……あなたのことなんてどうでもいいですけど! あなたはどうやら僕のことがお好きのようですから、付き合ってあげてもいいと言っているんです。ほら、その、女性から告白させるのも失礼ですし、こういうのは男から言ってあげる方がいいと思いましたから」

「……」

啞然と彼を見る。

いつ、どこで私が彼を好きになったというのか。そんな勘違いをさせた覚えは全くない。

確かに深窓の令嬢ムーブはしたが、思わせぶりな行動は一切取っていなかったと断言できるのだ。

それなのに好き? 何故そんな話になったのか、混乱しつつもなんとか思い違いを訂正しようと思った私は口を開いた。

「わ、私、オグマ様のことはオスカー殿下の護衛として好ましく思っています、ですが、それ以上の好意は――」

「隠さなくてもいいんですよ。僕には全部分かっていますから。あなたの視線は常に感じていました。その、あなたの身分なら侯爵家の妻となるにも不足はありませんし、ちょうど僕には婚約者もいませんから、あなたがどうしてもと言うのなら、ゆくゆくは僕の婚約者にしてあげてもいいと、そう思っているんですよ」

「……婚約者」

顔が引き攣《つ》った。

そんな地位、死ぬほど要らない。

そもそも私は帝位継承者で、誰かに嫁ぐということが不可能な身分だ。私が欲しいのはあくまでも婿。夫となる存在である。

どう言って断ればいいものか。頭がクラクラすると思っていると、オグマは更に言った。

「殿下に相談した際には何故か強い口調で、止めておくようにと言われましたが……まあ、構いませんよね。だってあなたは僕が好きなんですから。僕もまあ？　想いを受け入れることに否やはありませんし。きちんとした関係になるのであれば、殿下にもご納得していただけるでしょう。そう思っています」

――違う。そういう問題じゃない！

どうやらオスカーは止めてくれていたらしい。

己の部下の暴走をなんとかしようとはしていたようで、その辺りはホッとした。

ついでに私のことも話してしまえば良かったのにと思ったが、現在皆に正体を隠している私に配慮してくれたのだと気づけば、文句も言えない。

彼はやれるだけのことはやってくれたのだ。

だがオグマは彼の忠告を聞かず、突っ走ったとそういう話であることを理解し、乾いた笑いが零れそうになった。

しかもこの期に及んでオグマは、自分が好きなのではなく、私が彼のことを好きだという前提で話してくる。

あくまでも自分は受け入れる側。告白できない私のために場を設けてやったのだと、そういう気持ちでいるのだ。

――だから男って嫌いなのよ。

グッと唇を嚙《か》みしめる。

控えめな女性を演じていたからオグマはこんな勘違いをしてしまったのだろうか。マチルダを見習った深窓の令嬢。

そんな令嬢なら、想いを秘めて口にできないだろうと考え、自分が場を整えてやろうという思考になるのも分からなくは――。

――いや、そんなことはないわね。

一瞬、納得しそうになったが、どう考えても勝手に勘違いして暴走したオグマが悪いと思い直した。

周囲を確認する。放課後の遅い時間帯。こんな場所にわざわざやってくる物好きは誰もいない。

つまり私が多少地を出したところで、目撃者はオグマだけになるというわけで。

こうなったら徹底的に幻滅してもらおうと考えた私は、被っていた何重もの猫を投げ捨て、オグマに言った。

「盛大な勘違いありがとう。ご高説を聞かせてもらったけど、残念ながら全部間違いよ。私はあなたを好きではないし、当然嫁入りなどもっての外。大体、好きなら好きとはっきり言ってきなさいよ。『お前が望むなら受け入れても構わない――』なんて上から目線で言われて頷いてもらえると本気で思っていたの？　だとしたら、ずいぶんとおめでたいのね。よくそれでオスカーの護衛が務まるものだわ」

「なっ……！」

いつも大人しく微笑んでいるだけだった私が突然毒舌を放ったのが信じられなかったのだろう。オグマの顔が驚愕《きょうがく》に染まった。そんな彼に更に言う。

「あと、私があなたを見ていたなんて言っていたけど、ちょっと自意識過剰なんじゃない？　話す時に相手の顔を見るのは常識であり礼儀よ。それだけのことで勘違いされたら堪らないわ」

「……なん……だって？」

「私はあなたのことが好きではない。だからあなたの婚約者にもなれない。つまりはそういうことよ」

はっきりと告げる。曖昧な言い方をすれば、また変な誤解をされてしまうかもしれないと思ったのだ。

「そういうことだから……ごめんなさい」

くるりと背を向ける。

言うべきことは言った。ここまで伝えれば、拗《こじ》れることもないだろう。だが――。

「あり得ない……僕が振られる？　この僕が？　殿下の護衛として抜擢《ばってき》され、将来有望なこの僕が、女に振られるとかそんなことあるはずがない！」

「……ちょっと」

後ろから肩を摑まれ、足が止まる。振り向くと、オグマは私を睨みつけていた。

「許せない。この僕を振るなんて。せっかく僕が情けをかけてやると言っているんだ。お前の返事は頷くの一択だろう!!」

激昂《げっこう》し、叫ぶオグマに眉が寄る。

彼は私の肩を摑んだまま、自分の方に引き寄せようとした。もう片方の手を大きく振りかぶる。

――あ、これは。

このままでは頰を張られてしまう。

そう判断した私は、それならばと逆に彼の懐に入り込み、テコの要領で思いきり投げ飛ばした。先に手を出そうとしたのはオグマだ。これなら正当防衛を訴えることができるだろうと、そう思った。

「えっ……！」

オグマが意表を突かれたような声を出す。

ふわりと彼の身体が浮き上がり、次の瞬間、ズドンと地面に落ちた。

背中を打ちつけたオグマの目は大きく見開かれていて、今自分に起こったことが信じられないようだ。

「え、え、え……」

「女性に対し、暴力を振るおうとするなんて最低よ。反省しなさい」

冷たく言い放つ。

プライドを傷つけられたショックで突っかかってきたのは分かっていたが、だからといって、無抵抗の人間に手を上げようとするなどしていいはずがない。

今の行動で、すっかり私の中のオグマのイメージは底辺まで落ちていた。

あとでオスカーに、自分の護衛くらいきちんと躾《しつ》けておけと言っておこう。さすがに黙っていることなどできやしない。

「……こんなことなら来るんじゃなかった」

オスカーの護衛だからと気遣った結果がこれだ。ショックのあまり、まだ動けないオグマを放置し、踵《きびす》を返す。

腹立たしい。そう思いながら視線を前に向けた私の目に飛び込んできたのは信じられない人の姿だった。

「え……」

私の目の前にいるのは、留学初日に見て以降、一度も目にしなかったクロムだった。彼は何故か目を輝かせて、私を見ている。

もしかしなくても今の一連の流れを見られていたのだろうか。

どうしようという言葉が頭の中をクルクルと回る。

男を投げ飛ばす女なんて、深窓の令嬢の正反対にもほどがある。一体どうしたら今の失態を取り戻せるのか、いくら考えても混乱した頭では良い案が出るはずもなかった。

「い、いえ……あの、これは……その……」

しどろもどろになりつつも、なんとか誤魔化そうと試みる。

偶然、投げ飛ばせたということにすれば、いけるだろうか。咄嗟だったし、よく分からなかった。とにかく偶然で押し切ろう。そう思っていると、クロムが予想外すぎる言葉を言い放った。

「すごいな！　なんて美しい投げ技だ！　君は戦える人だったんだな！」

「は……？」

「意外……いや、意外ではないな。君からは強者のオーラを感じ取っていたし、これが本来の君だと言われればその方が納得できる。ああ、そうだ。まずはこれを言わなくては」

「……」

何を言われるのか。

唖然としつつもクロムを見る。頭の中は真っ白だったが、どこか期待があったのは、やはり私が

彼のことを好きだからだろう。
彼の言葉をじっと待つ。
クロムはキラキラとした笑顔を私に向けながら言った。
「頼む、俺と手合わせをしてくれ！」
――なんで⁉
意味が分からない。
……自棄《やけ》になった私は彼の望み通り手合わせを行い――無事、クロムに勝利した。

間章　公爵令息は間違える

「うう……彼女に近づけない……」

「まあ、ずいぶんと人気みたいだもんねえ。あの天使ちゃん」

「その呼び方は止めろ！」

「いや、だって実際天使みたいな外見の子だったし」

教室で突っ伏す俺に、ブランが感心したように言う。

ディアナがこの学園に入学して、ひと月ほどが経っていた。

留学して僅かひと月。だが彼女はあっという間にこの学園に馴染んだ。美しい外見とおっとりした性格で老若男女問わず、大人気となっている。

「いやあ、しかし君があゝいうタイプが好きだとはほんっとうに意外だったよね」

しみじみとしながらブランが言う。

ブランは何度かディアナを見に行っているのだ。俺が好きになった子がどんな女性なのか気になるとか言っていたが、余計なお世話である。

「君ってあゝいう、如何にも！　なお嬢様タイプは苦手だと思ってたんだけど」

「うるさい。俺だってそう思ってた。でも」

「でも、何？」

こちらを見てくるブランの目には面白がっているような光がある。それは分かっていたが言わずにはいられなかった。

「可愛いって思うんだから仕方ないじゃないか」

「ぶっは！　可愛いだって！　あのクロムが！　最高！」

「うるさい。揶揄《からか》うんじゃない！」

「ごめんって」

言いながらもお腹を押さえてブランが笑う。全く失礼な奴だ。

俺はこんなに真剣に悩んでいるというのに。

だけど彼女に惚れた本当の切っ掛けは目だ。あの強さと美しさを秘めた瞳に、叩き落とされた。

まるで強者と対峙《たいじ》した時のような高揚感に包まれた日のことを思い出す。

あれからひと月。なんとか彼女に近づこうと思うのに上手く行かなくて苛々する。

「ディアナに近づきたいのに、いつも彼女の周りには誰かいて近づけない。どうすればいいんだ」

「どうするってねえ。あの天使ちゃん、噂では殿下の幼馴染みらしいよ。昔からの知り合いなんだって。それもあって余計に人気があるみたいだねえ」

「殿下の幼馴染み……」

「公爵家の当主を務める叔父がいるくらいだからね。同い年だし、普通にあり得る話でしょ」

「そう……だな」

身分のある者同士、幼い頃から付き合いがあるのは当然だ。俺も次男ではあるが、公爵家の息子であるのは確かなので、フーヴァル王家とは浅からぬ付き合いがある。

「あとはさ、あの外見で大人しやかな子だから、男子生徒に大人気なんだよね……って、クロム、顔が怖いよ！」

無意識だったが、相当怖い顔をしていたらしい。慌てて深呼吸をして平静を装いはしたものの、誤魔化しきれなかった。

人生初の一目惚れをした相手が異性にモテていると聞いて、冷静でいられる方がおかしいと思う。

「まあ、だから近づけないというのは分かるけど、そもそもクロム、隣のクラスにすら行ってないじゃん。天使ちゃんと近づきたいって言うのなら、まずはそこからじゃない？」

「それは……分かっているのだが」

鋭い指摘に、言葉に詰まった。

ブランの言う通り、彼女の所属するクラスに行ってみようとは思ったのだ。だけどどうしても足が動かなかった。行ったところでどうすればいいのか分からなくて、もし頑張って話しかけたところで「あなた誰」なんて言われたら瀕死《ひんし》のダメージを負うのは確定している。

「クロムって意外と小心者だった？」

「うるさい。好きな女性に対して奥手になるのは仕方ないだろう」

「初恋だもんねえ。まあ、クロムの気持ちも分からなくもないけど、見ているだけじゃなんの進展もしないよ？　指をくわえて見ているうちに、他の男に持って行かれた、なんてことのないようにね。好きなんでしょ」

「……分かっている」

非常にあり得そうな話に、唇を噛みしめた。勇気を出せないでいるうちに俺以外の誰かが……。嫌だと叫びたいが、今の己にそれを言える権利はないと分かっていた。

「……近いうち、話しかける」

「うん、その方がいいよ」

一大決心して言葉にすると、ブランが真顔で頷いた。

◇◇◇

ディアナに話しかけると決意して数日が経った。

相変わらず彼女は人気だ。休み時間、彼女のクラスの様子を窺ってみたが、大勢の生徒に囲まれていて、別クラスの俺が話しかけられるような雰囲気ではなかった。

教室にいるディアナに話しかけるのは不可能と判断し、それなら外にいるタイミングで声をかけよう。そう決めたものの、なかなか機会もなく、焦っている。

「くそ……上手く行かないな」

髪を掻《か》きむしり、ため息を吐く。

今は放課後。ディアナに話しかけるチャンスを窺っているうちにこんな時間になってしまった。

当然、彼女は寮に帰ってしまっただろう。

それなのに教室に残ってグルグルと考え込んでいるのだから自分が嫌になる。

「……少し、散歩でもしてから帰るか」

自分でも少々思い詰めすぎている自覚はある。庭園を歩き、少し気晴らしをしてから帰った方が、多少は頭も冴《さ》えるだろう。

そう思った俺は、南の庭園へと足を運んだのだけれど――。

「……あれはディアナと……オグマ・クレイグか」

放課後の遅い時間だというのに、庭園には先客がいた。

俺の想い人であるディアナと、オグマ・クレイグ。

オグマ・クレイグは、クレイグ侯爵家の長男で、将来を嘱望されている男だ。

数年前に殿下の護衛として取り立てられ、今もその側に仕えている。

戦いのセンスもかなりのもので、彼の使う魔槍は俺も気になっていた。

クラスは違うが、一度手合わせしたいと思っていたのだ。

そのオグマがどうしてディアナと。

ふたりは制服姿で、何か言い合いをしているようだった。

他人のプライバシーに立ち入る気はない。

普段の俺ならそう思い、立ち去っただろう。だが、そこにいるのは好意を寄せている相手だ。

もし彼女に何かあってはと気になった俺は、彼らに気づかれないように近づいたのだが――。

◇◇◇

びっくりした。

まだ、胸がドキドキしている。

ふたりが何を話しているのか、何を揉《も》めているのかが気にかかり、近づいた俺が見たのは、オグマを華麗に投げ飛ばすディアナの姿だった。

噂で聞く楚々《そそ》とした雰囲気とは違い、強者のオーラを漂わせた彼女は、素早くオグマの懐に潜り込むと、あっという間もなく彼を投げ飛ばしてしまったのだ。

――すごい。

あまりにも見事な投げ技に釘付けになる。

彼女は鋭い目つきでオグマを見つめていたが、その目にもゾクゾクした。

間違いない。彼女は強者だ。しかも相当な。

改めてディアナを観察し、気がつく。

彼女に隙が全くないということに。

どうして今の今まで気づくことができなかったのか。そう思ってしまうほどに、そこに立つ彼女には風格があった。

美しい、戦う獣。

しなやかな身体と鋭い牙を隠し持つ、野生の獣が脳裏に思い浮かんだ。

久々に会った強者にテンションが自然と上がる。

どうやって話しかけようか悩んでいたのが嘘のように彼女の前に立ち、昂《たかぶ》る気持ちのまま手合わせを申し込んだ。

胡乱《うろん》な目を向けてきた彼女に「頼む」と何度も追いすがる。しつこく頼んだのが功を奏したのか、最後にはディアナは頷いてくれた。

そしてその場で手合わせとなったのだけれど――。

「まさか、負けるとは思わなかった……」

地面に大の字に転がり、大きく息を吸い込む。

彼女の拳は想像以上に鋭かった。女性なのだ。攻撃も軽いものだろうと考えていた己を嘲笑《あざわら》うかのように彼女の拳は重く、慌てて思い込みを修正しようとしたが間に合わなかった。

結果、俺は負けてしまったのだ。

「ははっ……負けたのなんて何年ぶりだろう！」

拳聖と呼ばれる父にはずっと負け続けているが、同世代には俺に並ぶ者はいない。

その俺に匹敵する勢いの攻撃力を隠し持っていたディアナに、更に惚れたと思った。

戦っている時の彼女は格別に美しく、キラキラと輝いているように俺には見えた。

彼女と拳を合わせながら俺は落ちるところまで落とされたと感じたのだ。

美しく強いディアナ。

彼女は今まで俺が抱いていた女性像を見事に崩してくれる人だった。でもだからこそ俺は彼女に惹かれたのだろう。そんな風に思う。

「外見だけでなく、内面も最高だなんて……ああ、絶対に手に入れたい」

俺の理想を体現したかのような彼女に恋い焦がれる。

ゆっくりと起き上がった。いつの間にか周囲には誰もいなくなっている。気にせず立ち上がり、鼻歌でも歌いたい気分で寮に戻った。

ちょうど自室から出てきたところだったブランとすれ違う。

「お帰り。今日はえらく帰るのが遅かった……って、ええ？　クロム、髪も乱れているし、服もボロボロじゃないか。一体何があったんだ？」

「聞いてくれ、ブラン！　ディアナは最高の女性だった！」

ブランの両肩を摑んで揺さぶると、彼は「えええええ!?」と叫んだ。

「何？　なんなの？　天使ちゃんが最高って……何、ついに話すことができたの？」

混乱しつつも話を聞いてくれようとする友人に感謝し、ブランの部屋に入って先ほど起こった出来事を興奮気味に話す。

話を聞いたブランは「天使ちゃん、クロムより強いの!?」と目を白黒させていた。

「えっ、あの外見でクロムを倒せるレベルなの？　そんなのうちの学園に勝てる奴、いないじゃん……ええっ、嘘でしょう？」

「嘘なものか。俺が証人だ。本当にディアナは強かった。俺が彼女を女性と思い、侮ってしまったというのもあるが、彼女の強さは本物だった。おそらく、殿下よりは強いのではないか？」

「それ、ほぼ最強クラスじゃん。ええ？　虫も殺せないような外見なのに？　うわあ……夢が壊れた……ショック……」

愕然としながらそう告げるブランに胡乱な目を向ける。彼がどうしてそんなことを言うのか分からなかった。

「どうして夢が壊れるんだ。むしろ俺はより惚れたぞ。俺と対等に戦える実力を持ったディアナと恋人になりたいと強く思うようになった」

「それ、クロムだからだよね。普通はそうじゃないんだよ。そんな反応にはならないんだよ……」

呆れたように言われたが、そっちの方こそ理解できない。

強い、自分とも対等に戦える女性なんて最高じゃないか。

「ディアナ……」

俺と対峙した時の彼女の様子を思い出す。

ディアナの戦い方は熟練した体術によるもので、武器の類いは持っていなかった。俺のように魔力を拳に纏わせて戦うのかとも思ったが、そういうこともしていないようだ。

彼女は己の力のみで戦い、俺に勝利したのだ。そんなことができる女性がいるなんて思ってもいなかったのでびっくりしたし、より一層惚れたと思った。

「戦っているディアナはとても綺麗だった。また手合わせ願いたいな……」

ブランが顔を引き攣らせながら「うわっ、重症」と呟いていたが、どうでもよかったので無視をした。

第三章　次期女帝は猫を脱ぎ捨てる

「最悪……最悪だわ。よりによってクロムに見られていたとか。しかも手合わせで勝っちゃった……」

ずーんと落ち込む。

オグマを振っていた現場を、まさかのクロムに目撃されるという大失態を犯してしまった私は、寮の自室に引き籠もり、ベッドの上でクッションを抱えて嘆いていた。

あり得ない。本当にあり得ない。

せっかく今まで頑張って深窓の令嬢を演じてきたというのに、それを台無しにするようなことになるとは思いもしなかった。

「なんっであそこにクロムがいるのよ……！」

八つ当たりと分かっていたが、抱えていたクッションにパンチを打ち込む。

学園生活が始まってから一度も交流がなかったのに、一番見られたくない場面だけは見られるとか、運が悪すぎやしないだろうか。

「私が今まで頑張ってきた意味……」

呟くと、フェリが無愛想に答えてくれた。

「なかったですね。いや、まさかあそこにクロム様がいらっしゃるとは、びっくりですよ」

「嘘！　絶対にフェリなら気づいていたでしょ!!」

ギロリと彼女を見る。

フェリは感覚に優れていて、人が近づけばすぐに気がつくはず。あの告白の現場に隠れて待機していた彼女が分からないはずないのだ。

絶対に分かって何も言わなかったが正解だと思う。

「言ってよ！　クロムが来ているなら来てるって！」

「あのタイミングで、ですか？　無理を仰いますね」

「ううう……そうかもしれないけど、でも!!」

何もオグマを投げ飛ばしたところを目撃しなくても良いと思うのだ。

衝撃のあまりその場に立ち尽くす私に、クロムは何故か「手合わせしてくれ」なんて言ってくるし。

もう何がなんだか分からない。

混乱のまま彼の望み通り手合わせをして、これまた最悪なことに勝ってしまったのが心にクる。

でも――。

「クロム、強かったわ。あんなに強いなんて知らなかった。彼が油断していたから勝てたけど、本気で相手をされたら、私では勝てないでしょうね」

同年代であんなに強い人は、メイルラーンにもいなかった。

元々素敵だと思っていた人が、自分よりも強かった。

それは私にとっては見逃せないことで、ますます彼のことが好きになったし、こうでなければばとテンションも上がったのだけれど。

「駄目。ぜったいに幻滅された。間違いない……」

がくんと項垂《うなだ》れる。

今まで手合わせし、伸《の》してきた相手は、百パーセントと言って良い確率で、私の元を去った。

自分を床に沈めるような暴力女はお断りだと吐き捨て、自分の弱さを棚に上げて私から背を向けたのだ。

別にそれは構わない。

所詮はその程度の男かと思うだけだし、実際そう判断を下してきたから。でも、好きになった人に同じように思われるかもと考えると身震いする。

クロムに嫌われたら――。

初めて好きになった人に『暴力女』なんて思われたら落ち込むどころでは済まない。

特に今回のことで、私は彼のことをより好きになったのだ。

もう絶対に、彼以外の婿は考えられないと思うくらい。そんな相手に嫌われたら、立ち直れる気がしない。

「うう……ううううう……辛《つら》い……」

クッションに顔を押しつけ、シクシクと泣く。フェリが淡々と言った。

「大丈夫だと思いますけどね。あんなに嬉しそうに『手合わせしてくれ』なんて言う人が、姫様の強さを知ったくらいで引くと思います？　むしろ今までの方向性こそが間違っていたのではと私は思いますけど」

「深窓の令嬢で行けってやつ？」

「はい。一般的にはそちらの方がウケが良いし、実際その通りだと思いますが、クロム様はそうではないのかもと。深窓の令嬢を好む人が、馬鹿みたいに強い姫様に手合わせを申し込んだりしないと思いますし」

「それは……確かにそうかもしれないけど」

はあ、とため息を吐きつつ、ベッドに座り直す。

どちらにせよ、深窓の令嬢作戦はおしまいだ。

クロムに私の本性を晒《さら》してしまった以上、続けることには無理がある。それにそもそもこの深窓の令嬢ムーブは、クロムに興味を持って欲しいからという理由で始めたもの。

実際の私の姿を知られている状況でやったところで、怪訝な顔をされるだけだと分かっている。

「まあ、いいわ。マチルダみたいな深窓の令嬢に擬態しようなんて、私には無理な話だったのよ。寄ってくる男たちも鬱陶しかったし、止められるのならその方がいいもの」

クロムのことについては未《いま》だショックではあるが、わりと深窓の令嬢ムーブをすることに疲れていたので、止めると決断できること自体は嬉しい。

あと、悩んだところで何かが変わるものでもないのだ。

気持ちはブルーだが、悩むだけ時間の無駄なので、もう気にしないことにする。

嫌われたら嫌われた時考えよう。今、私にできることなど何もない。

私はあまり引き摺るタイプではない。振り返っても仕方のないことは振り返らない性質なのである。

とはいえ――。

「もし、クロムにドン引きされていたら……うっ」

そう考えるだけで心臓に結構なダメージを受けるのだから、やはり私も恋する乙女であることは確かなようだった。

◇◇◇

「おはよう」

次の日。早速私は今まで何重にも被っていた猫を投げ捨て、優しく慈愛に満ち溢れた声音ではなく、ハキハキとした口調で皆に挨拶した。

一瞬、ざわっと教室が揺れる。私は気にせず近くの席に座った。授業の準備をしていると、誰かが私の前に立った気配がする。顔を上げると、オスカーがいて、笑顔で私を見つめていた。

「やあ」

「あら、オスカー。おはよう」

「おはよう。どうしたんだい。今日はあの分厚い猫を被ってはいないようだけど」

私の変化を一瞬にして見破ったオスカーに苦笑する。

どうやらクラスメイトたちも何かがおかしいと感じたようで、私たちを注視している。まあ、ちょうど良いかと思い、正直に告げた。

「諸事情あって止めたの。慣れないことはするものじゃないわね。肩が凝って仕方なかったわ」

「私も君が話すたびに、背筋がぞわぞわして堪らなかったから、止めてくれるのは助かるよ。卒業まで続けられたらどうしようかと思った」

「そんなに長い間、猫を被り続けられるはずないじゃない。無理よ、無理」

気楽な口調で告げる。聞き耳を立てていた皆が動揺したようだが、知るものか。

ツーンとそっぽを向いているとオスカーは苦笑し、私にしか聞こえない小さな声で言った。

「――昨日は私の護衛が迷惑をかけたね。ごめん」

彼が言っているのはオグマの告白の話だろう。

昨日のことをオグマはオスカーに報告したのかとちょっと意外に思いながらも、私も小声で彼に返した。

「別に。オスカーは止めてくれてたんでしょ。それならあなたは悪くないわ」

「そう言ってもらえると助かるけど、君に迷惑をかけたのは事実だから。君に投げ飛ばされたってオグマが言ってたけど、あいつの自業自得だから気にしてくれなくていいよ」

そのオグマはどうしているのかと思えば、私たちから少し離れた場所で複雑そうな顔をしていた。私と視線が合うと、慌てて逸らす。

どうやら気まずく思っているらしい。

「投げ飛ばしたことは正当防衛だと思っているからなんとも。でもちょっと彼、思い込みが激しすぎない？　私が彼のことを好きに決まっている、みたいに言われたのはドン引きだったわ」

正直に思っていたことを告げると、オスカーの顔から表情がすんと落ちた。

「……うわ、それは私も引くな。本当にすまない。彼の主人として謝罪するよ。さすがにオグマも君に好かれていないことは理解したと思うから、これ以上迷惑をかけることはないはず。許してもらえると有り難い」

「別に怒っていないわ。ちゃんと手綱を握ってくれてさえいればそれでいいの。部下としての彼が有能なんだろうなというのは分かるし。ただ、次に女性を好きになることがあったら、口説き方はもう少し考えた方がいいわねとは思うけど」

「確かに。それはそう伝えておこう」

ふたりで笑い合い、話を終える。そのままオスカーは私の隣に座り、ふたり並んで授業を受けることとなった。

今までは授業でも猫を被り、『それなり』の成績に甘んじていたのだけれど、それも止めだ。

結果、本来の自分を遠慮なく晒した私は、オスカーを除くクラスメイトたちからすっかり遠巻きにされるようになってしまったが、まあ、想定内だ。

『できすぎる』女は可愛くないらしいからと遠慮していたのを止めたのだから、こうなるのも当然。

気遣ってくれているのかオスカーが側にいてくれるし、私自身、ひとりでいる方が楽な性分なので、遠巻きにされているくらいの方が気を遣わなくて良かった。

そうして全ての授業を終えた放課後、やれやれ帰ろうかと思っていると、ガラリと教室の扉が開かれた。

自然とそちらに目を向ける。入ってきたのは隣のクラスに属するクロムだった。

昨日、いきなり私に勝負を挑んできた彼は私に気づくと目を輝かせる。

「ディアナ」

「え」

「良かった。まだ帰っていなかったんだな」

「……え、ええ……そう、だけど」

困惑する私を余所《よそ》に、クロムが嬉しげな様子でこちらへとやってくる。余所のクラスだというのに実に堂々とした態度だ。

彼は私の前に立つと、実に晴れやかな顔で言い放った。

「昨日は手合わせをしてくれてありがとう。とてもいい時間だった。できればまた君と戦いたい。君の時間が合う時があれば是非どうだろうか」

「……え」

――もう一回、戦えって⁉

まさかのもう一度戦おうぜなお誘いに顔の表情が固まる。

今の台詞から、彼が私の強さに引いていなかったことは分かったが、まさかこう来るとは思わなかったのだ。

クロムの顔は期待に輝いている。

その表情は良きライバルを見つけたと言わんばかりで、それに気づいた私は泣きたくなった。

――違うの！　私、そんなの求めてない！

私はクロムと恋人になりたいのであって、断じてライバルになりたいわけではない。

予想外の状況に愕然とする私に、クロムが熱く話しかけてくる。

「君の拳は重く、速かった。今思い出しても血がたぎる。前回は負けてしまったが、次は俺も油断しない。全力で君に応じると約束しよう。その、だな。久しぶりだったんだ。こんなに血が沸き立ち、熱くなったのは。君とならきっとこの思いを共有できるとそう思った」

「そ、そう……」

――共有なんてしたくないから!!

心の中で叫ぶ。

戦うことは好きだし、己を鍛えるのも好きだけれど、別に私は戦闘狂というわけではないし、特に今はクロムという好きな人がいるため、戦いへの興味はわりと薄れているのだ。

どちらかというと、恋愛脳。

好きな人とイチャイチャできる恋人になりたい。あわよくば、結婚してもらいたいとそんなことばかり考えているのである。

そんな私に『また戦おうぜ！』なんて、戦闘民族も真っ青なお誘いをされたところで嬉しくない。どうせ誘ってくれるのなら、デートにして欲しい。それなら大喜びで行くと答えるから。

「え、ええと……」

どう断るべきか、瞳を揺らしつつ考えていると、私の纏う空気から断られることを察知したのかクロムが不安そうな声で言った。

「その……迷惑だろうか」

チラリと様子を窺うように私を見てくる。

――あっ、あーっ！

グラグラと心が揺れる。

好きな男に不安そうな顔をされて嫌だと言える女がいるものか。それに考えてみれば、これはチャンスかもしれない。

だってどんな理由であれ、クロムが私に興味を持ってくれているのだ。

今までなんの接点も持てなかったことを思い出せば、一歩前に進んだと言えなくもない。

――いや、これ斜め後ろくらいに下がってない？

己の冷静な部分が指摘するも、初めての恋愛で舞い上がっていた私はそれを黙殺した。

笑みを作り、クロムに言う。

「迷惑なんて、そんなことないわ。私も楽しかったから」

ぱあっとクロムの顔が明るいものに変化する。彼の顔が好きな私に、この変化は眩《まばゆ》すぎた。

——あーっ！　眩《まぶ》しい！　眩しすぎる‼

「そうか！　良かった。ではまた。そうだな。明日にでもどうだろう」

「え、ええ。私は構わないわ」

「ありがとう。それでは明日！」

嬉しそうに笑い、クロムが去って行く。彼とのやり取りを黙って見ていたオスカーが呆れたように言った。

「君、本当にそれでいいの？」

「いいわけないじゃない‼」

カッと目を見開き言い返すも、すっかり立ち位置は『ライバル』だ。

私が求めていた立場と、百八十度違う。全くの別方向だ。

「うわあああああん！　どうしてこんなことに！」

ダン、と思いきり机を叩くも、何かが変わるわけでもない。

「それはね、自業自得って言うんだよ」

オスカーの言葉が鋭い刃の如く、私の胸へと突き刺さった。

◇◇◇

クロムに私の本性がバレてから、更にふた月ほどが過ぎた。

あれから今までが嘘のように毎日クロムに誘われ、手合わせをする日々が続いている。

クロムに勝てたのは、本当に最初の一回だけでそれ以降は負けっぱなしだ。

やはり最初は私の強さを見誤っていただけなのだろう。本気を出したクロムは、思っていた以上に強く、私は自分が知らず驕《おご》っていたことに気づき、深く反省した。

世の中にはクロムのように強い人がいる。これでいいと満足せず、常に上を目指すべきなのだ。

しかし困ったのはクロムだ。

何度か手合わせをすれば飽きるかと思われたのに、彼が私を誘いに来る頻度が減る気配は全くない。相変わらず毎日のように教室にやってきては「今日もいいだろう?」と輝かしい笑顔で誘いをかけてくるのだ。

この間なんて魔法科との合同授業があり、二人ひと組で試合をするよう教師に言われた。

途端、彼は私のところにやってきて「一緒にやろう」と誘ってきたのだ。

「試合なら君とするのが一番だからな」

この台詞がもっと色めいたものであれば私も嬉しかったのに。

いい加減、ライバルとしてしか見られていない現状が苦しかった私は、別の人と組みたかったのだが許されなかった。

クロムにはブランという伯爵家出身の友人がいるのだけれど、その彼に目線だけで助けを求めたところ、黙って首を横に振られてしまったのだ。気の毒な者を見るような目で見られ、がっくりと肩を落としたことは記憶に新しい。

クロムに聞いてみたところ、普段はブランと組んでいるという話だったから、今回もそうしてくれれば良かったのに。

最初はどんな理由であれ、クロムが私に興味を持ってくれればいいと思っていたが、今ではすっかり嫌気が差していた。

私はクロムのライバルになりたいのではない。恋人や婚約者、将来的には伴侶として彼を迎えたいのだ。

それなのに今の自分の立ち位置ときたら男友達のようなもので、色恋に発展する気配すらありはしない。

クロムとの会話は増えたが、その内容も全く色気がないし。

普段自分がどのようなトレーニングをしているかとか、さっきの動きは右足が少し遅れていたとか、武に関するものばかりで面白みの欠片《かけら》もなかった。

どうやらクロムは己を鍛えるのが趣味のようで、その趣味について色々話してくれるのだが、筋肉量を増やすお勧め飲み物リストなんて正直興味はないのだ。

クロムは誤解しているようだが、私は決して彼と同類ではない。筋肉の話なんてしたくないし、上腕二頭筋について熱く語ったって何も楽しくないのである。戦うこと自体は好きだが、常軌を逸しているわけではない。バトルオタクと一緒にしないで欲しいのだ。

嘆く私にこの間オスカーが笑いながら「苦労するね」と言ってきた。まさかオスカーから同情される日が来るとは思わなかったので、地味に心にダメージを受けた。私だって頑張っているのに。

これではクロムを伴侶に迎えるどころではない。

とはいえ、確実にクロムとの距離は縮まっている。ここでなんとか方向転換、恋愛の方面に持っては行けないものかと毎日考えているのだけれど、未だ妙案は思い浮かばない。

そしてもうすぐ、テストの結果発表がやってくる。

テストとは、三年前期の試験のことだ。

テストは年間で、前期後期の二回あり、それぞれの科目と総合での結果が貼り出されるのだと聞いている。

科目は、座学、魔法実技、体術の三科目。

座学はその名の通り、筆記試験だ。

魔法実技は、魔法や魔法武器を用いた実技テスト。

体術は、魔法を使わない肉弾戦だ。この三科目で総合順位が出されることと決まっている。

そしてこのテストでも、クロムは勝負を持ち出してきたのだ。

どちらの方が順位が上なのか、勝負をしようと。

正直全く気は進まなかったが、クロムにどうしてもと言われ、了承した。絶対に手を抜くなと釘を刺されたので、言われた通り全力で挑みはしたが、どうだろう。

可愛げのない結果にならなければ良いのだけれど。

「テスト結果が貼り出されたぞ！」

憂鬱な気持ちで机にべったりと張りついていると、廊下を走ってきたらしいクラスメイトが叫んだ。

すっかり隣にいるのが当たり前になったオスカーが私の肩を軽く叩く。

「見に行かないのかい？　確かクロム・サウィンと勝負していただろう？」

「……そうね」

毎日嬉々《きき》としてクロムがやってくるので、オスカーも勝負の話は知っている。

私が虚無顔を晒しながら勝負を受けていた時も隣にいて、楽しげにクツクツと笑っていた。

笑うくらいなら助けてくれればいいのに、それはしないところがオスカーだ。

そういえば、私に告白してきたオスカーの護衛であるオグマは、あれからなんとなく私を避けるようになった。今も少し離れた場所からオスカーを護衛している。私とは話したくないらしく、視線を向けてもツンと顔を背けられるが、それくらいの方が私としても有り難かった。

親しくもないのに馴れ馴れしくされるのは苦手だし、そもそも彼は深窓の令嬢ムーブしていた私のことが好きだったのだ。

今の可愛げの欠片もない私に興味なんてないだろう。

「成績。見に行くのなら、一緒にどうだい？」

「……そうね」

オスカーに誘われ、頷いた。特に断る理由はなかったからだ。

オスカーと一緒に成績表を貼り出しているという廊下へ行くと、皆がわいわいと集まっていた。

成績表を指さし、ああだこうだと言っている。

「あ、ディアナ。座学と体術で一位じゃないか。すごいね」

オスカーが声を上げる。確かに座学と体術の項目では私の名前が一番上に書かれていた。

確認し、頷く。

「年季が違うもの。当然だわ」

こちらは物心つく頃からずっと家庭教師たちに教えを受けているのだ。勉強してきた時間が違うと言えば、オスカーは苦笑した。

「それを言われると、君に負けた私はどうなるんだって言いたくなるんだけどね」

座学の二位にはオスカーの名前がある。得点差は二点ほど。些細なものだ。

「殆ど変わらないじゃない。スペルミスがあったとかその程度の差でしょう」

「だとしても負けは負けだからね。――で、クロムは三位か」

三位にクロムの名前があることには気づいていた。

座学三位。だが、魔法実技が一位、体術が二位で、総合では堂々の一位となっている。

私の方が体術の成績が良いのは、魔法を使わない戦いに慣れているからだ。クロムは魔力を拳に纏わせて戦うスタイルなので、全く魔法を使わない戦いは少し苦手なように思えた。

まあ、苦手と言っても二位を取れるレベルなのだけれど。

体術だけならなんとか勝てても、魔法を組み合わされた日には彼に勝てる気はしない。

総合成績を眺める。二位はオスカーだ。三位にはオグマの名前があった。私の名前はどこを探しても総合にはない。

オスカーも不思議に思ったのか首を傾《かし》げている。ちょうどそのタイミングで、クロムがやってきた。

笑顔で手を差し出してくる。

「ディアナ。座学と体術の一位おめでとう。さすがだな」

「クロムこそすごいじゃない。総合一位だなんて驚いたわ」

彼が優秀なのはよく知っていたが、実際順位として目にするとまた別の驚きがある。

クロムの手を握り返すと、彼は順位表を眺めながら不思議そうに言った。

「ありがとう。でも、二科目一位でどうして総合に名前がないんだ？」

「確かに。私もそれは不思議なんだ」

オスカーもクロムの疑問に同意する。

座学と体術が一位。いくら魔法実技の成績が悪くても、総合トップ10には入ると思うのが普通だから彼らが疑問に思うのも当然だ。

「私、魔法実技は、テストを免除されているから受けていないの。三科目全部受けたわけではないから、総合には成績が載っていないのだと思うわ」

「そうなのか？　でもそういえば君が魔法を使ったところは一度も見たことがないな……」

いつも手合わせする時、私が魔法を一切使わず己の力だけで戦っていることを思い出したのだろう。彼の言葉に頷いた。

「実は私、事情があって全魔力の半分以上を常に使っている状態なのよ。その状態でテストなんてしても、公平な試験結果にならないでしょ。だから留学の時に事情を話して、学園長に免除してもらっているの。私は一年の短期留学だから、成績を残す必要もないし」

「へえ。その事情というのは？」

「秘密」

口元に手を当て、にこりと笑って言う。

私が常に魔力を削る羽目になっているのは、契約している召喚獣がいるからだ。

メイルラーン帝国には皇家に仕える召喚獣がいて、代々皇帝となる者が受け継いでいる。

私はその召喚獣をここに来る直前に、父から譲り受けていた。

帝国を守護する召喚獣がいれば、私の強い守りになるという父の主張でそうなったのだが、そのせいで、魔力がガンガンに削られている。

慣れてしまえばどうということはないけれど、譲り受けた最初の数週間ほどは本当にキツかった。

今では普通の生活ができているし、その召喚獣を使えば魔法実技のテストも受けられたのだろうけれど、メイルラーン帝国の召喚獣——上級精霊フェンリルはあまりにも有名すぎて使用を断念したのだ。

魔法実技のテストに召喚獣を使うこと自体は問題ないが、出した瞬間、私の正体が知れ渡るも同然なので、学園長が気を利かせてくれた結果、魔法実技のみテスト免除ということになったのである。

つまりは正体バレを防ぐための措置。

私が言うつもりがないと知ったクロムとオスカーは不満そうな顔をしていたものの、それ以上は聞いてこなかった。

人それぞれ事情があり、自分が知りたいだけで暴き立てるのは間違っている。

そういう当たり前のことをふたりが分かってくれているのが嬉しかった。

「ごめんなさい。でも不正というわけではないから」

「君が不正などするはずないだろう。君の拳は真っ直ぐだ。戦い方を見れば、君が正直な人だということはよく分かる」

「ウ、ウン。ありがとう」

全然嬉しくない褒められ方だった。

だけどクロムは褒めているつもりなのだろう。オスカーが苦笑しているのが少し腹立たしい。

こうして、毎日が過ぎていく。

授業を受け、クロムと手合わせをし、授業を受け、またクロムと手合わせをし……。

そのうち休みの日も手合わせを強請られるようになり、私はだんだん疲れていく自分を感じていた。

――なんか、もう無理。

好きな人から誘われるのは嬉しいが、それが全て手合わせというのはどうなのだろう。

最初はこれが関係を変える切っ掛けになるかもという期待もあった。だが、クロムの態度が変わる素振りは全くなく、手合わせの日々ばかりが続いていく。

こんなの違う。

戦いで絆《きずな》を深め合う……なんて展開は望んでいないのだ。

それなのにクロムは毎日、顔や目を輝かせて「手合わせをしよう」と誘ってくる。

私はこんなにも疲れているのに。

彼と友情を育みたいわけではない。私は彼と恋愛がしたいのだ。

それなのに望みとは全く逆方向に進み、ついに私は心底疲れきってしまった。

「……ディアナ。大丈夫かい？」

「オスカー」

ある日の放課後。

授業が終わった途端、大きなため息を吐いた私に、オスカーが話しかけてくる。心配そうな表情に申し訳ない気持ちになったが、最早取り繕う余裕もなかった。

「……これが大丈夫に見える？」

「見えない。やっぱり、原因はクロムかな」

「……まあ、ね」

がっくりと項垂れながらも肯定すると、オスカーは「ちょっと場所を変えよう」と言い、私を別棟にある教室へと連れて行った。

もちろんフェリやオグマもついてくる。彼らは護衛という立場なので、基本、側を離れないのだ。

「ここだよ。中に入って。——オグマ。お茶の用意を」

「はい」

連れて来られた部屋は、広く明るかった。備えつけられている調度品もなかなかのものを使っている。大きな執務机がひとつ。その前に、来客用のものと思われるローテーブルとソファがあった。オスカーに命じられたオグマが部屋の奥へと向かう。そこにはポットなどが置いてあった。

ここは客室か何かかと思っていると、オスカーが言った。

「生徒会室だよ。私は生徒会長をしているからね。ちなみにオグマは会計だよ」

「生徒会長……」

言われて初めて、フーヴァル学園には生徒会があるのだということを思い出した。

フーヴァル学園の生徒会は、次代のフーヴァルを背負って立つ人たちの集まりだ。生徒会に属していると卒業後の就職に有利に働くということもあり、皆から羨ましがられる。

役員は選挙ではなく、まずは学園長の推薦で会長が選ばれる。そして会長がその他の役職を推薦するという形になっていた。

学園長が王太子であるオスカーを会長に選ぶのは当たり前だし、成績の面からしても妥当だと思う。

「そう、あなたが現生徒会長だったのね」

「うん。ちなみに他の役員はオグマしかいないんだけどね。ひとり、引き抜きたい男がいるんだけどなかなか頷いてくれなくて苦戦してる」

「へえ？　皆の憧れの生徒会役員になりたくないなんて物好きが、この学園にいるのね」

「うん、そうなんだよ。あ、とりあえず、座って」

言われるままに客用ソファに腰掛ける。

オグマがなんとも形容しがたい顔をしながら、ローテーブルにお茶を置いていった。

用意を終えたオグマが入り口付近で待機していたフェリの隣に行く。

私もオスカーも国の後継者として育てられてきたので、常に護衛がいる環境には慣れている。ふたりのことは気にせず、本題に入った。

まずはオスカーが、口を開く。

「で？　君は何を悩んでいるのかな」

「……オスカーなら大体のところは分かっているんじゃないの？」

基本、私の側にいるオスカーなら、私の悩みなど聞くまでもなく知っているだろう。そう思い、力なく告げると、彼は「そうだね」と苦笑した。

「なんというか、彼は……本当に戦うことが好きな人なんだね。あそこまでだとは、正直私も知らなかった」

「……毎日毎日、『手合わせ』『手合わせ』『手合わせ』。最初はそれも悪くないと思って付き合ってきたけど、そろそろノイローゼになりそう」

正直な気持ちを告げる。誰でもいいから、この溜まり溜まった鬱憤を聞いて欲しかった。オスカーが目を細める。

「君は、戦うことが好きだと思っていたから意外だったよ。わりと戦闘狂の節があると考えていたんだけど」

昔の私を知っているからこそ言える言葉に、疲れた笑みを浮かべる。

「戦うことは好きよ。強くなっていくと自分が実感できるのも好き。でも、戦闘狂とか、トレーニングオタクとか、そういうのではないの」

「つまり？」

続きを促され、私は言った。

「筋肉量を増やすためのドリンク剤はどれがいいかとかいう議論なんてしたくないし、効果的なトレーニング方法について熱く語り合いたくもない。私、クロムほど筋肉や戦いについて掘り下げようと思えない……」

「いや、それが普通だと思うよ。クロムの語りには私もちょっと……引いたし」

「そうよね」

オスカーの言葉に安堵《あんど》した。

良かった。ドン引きしたのは私だけではなかった。

「私としては、手合わせはあくまでもクロムと親しくなるための要素のひとつって感じだったの。だから応えたたし、彼との勝負も受けたんだけど、さすがにこう毎日だと……」

「そう、だね」

「クロムって私のことを切磋琢磨《せっさたくま》できるライバルとでも思っているのかしら。だとしたらそういうの、私は求めていないんだけど」

「……君はクロムを異性として好きなのだものね」

「……ええ」

小さく頷く。

クロムの手合わせ攻撃にうんざりはしていても、彼を好きだという気持ちは消えていない。

ただ、手合わせしかしてもらえないことで、彼はきっと私を異性として見てはいないのだろうなと薄々感じて、落ち込んでいるだけなのだ。

だって普通、好きな人に対して、手合わせや勝負を毎回のように申し込んでくるだろうか。

好きならデートに誘ったり、昼食を一緒に食べようと言ったりと、他にもっと『らしい』ことがあるだろう。

拳を合わせる手合わせを、私はデートと認めない。

ため息を吐く。

最初に戦えるところを見られてしまったのが、全ての間違いだったのだと思うも、後の祭りだ。

過去を変えることなどできはしない。

「私もね、なんとか方向修正できないものかと思ったのだけれど……」

「上手く行かなかった？」

「ええ」

その時のことを思い出し、渋い顔をする。

一度、クロムからの手合わせを断ったことがあったのだ。その代わりに、買い物にでも行かないかと誘ってみた。だが彼は首を傾げ、こう言った。

「買い物？　ディアナは何か欲しいものでもあるのか？　ああ、そういえば、新しい筋トレグッズが発売したという話を聞いたな。ディアナ、もし良かったら——」

「ごめんなさい。筋トレグッズに興味はないの」

我ながら頑張ったと思ったお誘いは、筋トレグッズにより脆《もろ》くも崩れ去った。

外に出てまで筋トレの話をしたくない。

それ以来私は彼をデートに誘うことを諦めたのだけれど——ああ、今思い出してもがっくりくる。

「き、筋トレグッズの店……！」

何故かツボにハマったらしいオスカーが、プルプルと肩を震わせながら笑っている。よく見ると、扉前で控えているフェリも小さく笑っているようだ。

まあ、笑いたくなる気持ちは分かる。私は愕然として、言葉を失ったけど。

他人事なら笑うだろう。私だって、自分のことでなければ腹を抱えて笑ったと思うから。

「とにかく一事が万事、そんな感じなのよ。とにかく、一に戦い、二に筋トレ。三、四がなくて五にプロテイン。彼の興味は戦いにしかないみたい。もう私は彼のライバルとして生きていくしかないのかしら。そう思ったら色々頑張っているのが虚《むな》しくなってね。疲れたなあって」

「う、うん……。そ、それは災難だったね……」

まだプルプルと震えているオスカーを軽く睨む。

彼はすうはあと、数回深呼吸をして、なんとか笑いを収めた。そうして打って変わって真剣な顔で言う。

「君が疲れるのも当然だと思うよ。私もまさかクロム・サウィンがこういう男だとは思わなかったからびっくりしたし」

「そうなの？　オスカーも強いでしょ？　私が留学するまでの間、クロムに追いかけられたりはしなかった？　『手合わせして下さい～』って」

「言われなかったね。私だけじゃない。他の誰も誘われていなかったと思うよ。彼はいつもひとりで黙々と鍛錬に励んでいた。そういう印象しかないし、それを見て、私は彼を真面目な男だと評価していたし」

思い出すように言うオスカーの話を聞き、口がへの字になった。

「ええ？　じゃあなんで私だけ。毎度、ストーカーの如く『手合わせしてくれ』って言われるの、結構ストレスなんだけど」

「今日は、彼が来る前に逃げてきたからいいじゃないか。今頃、君を探しているかもしれないけど」

「……止めて。嬉しくない」

好きな人に探されているというのは女としては幸せなはずなのに、その目的が手合わせだと思うと全く嬉しくなくなる。

好きな人ならなんでも許せるなんてことはないんだなあとしみじみと思ってしまった。

クロムのことは好きだが、クロムの手合わせ攻撃は大嫌いだ。私を女として見ていないと分かってしまうから。

私に対し、変な手加減をしないクロムは好感が持てるけれど、同時に異性として認識されていないと理解できるので、私としてはそちらの方が辛かったりする。

「はあああ……いつまで続くのかしら。クロムの攻撃」

「攻撃とはまた……」

「攻撃でしょ。精神攻撃。なかなか強烈よ。代わってあげましょうか」

「遠慮するよ。彼は私には興味がないようだからね」

「だから、なんでえ～」

大きなため息が出る。

「ライバルなら私を選ぶ必要はないでしょうに……はあ……また明日からもクロムに追いかけられるのかと思うと憂鬱」

「好きな人に追いかけられているのに憂鬱とは。……本当に、ずいぶんとストレスが溜まっているようだね」

「ええ、とっても」

大きく頷くと、彼は「じゃあ」と言った。

「君さえ良ければだけど、生徒会に入ってみない？　主に放課後に活動しているから、クロムからの手合わせ攻撃から逃げられると思うよ」

「え」

生徒会、の言葉に驚き、オスカーを見る。

「君が優秀な生徒なのは、今回のテスト結果でも分かったことだし、皆、おかしいとは言わないと思う。留学生が生徒会役員をしてはいけないという決まりがあるわけでもないしね。どうかな？ちょっとした気分転換になると思うよ」

「生徒会役員……」

「ちなみに引き受けてくれるのなら、ポストは副会長を用意する。君なら立派に務め上げてくれると思うしね。生徒会は今ふたりしかいないから、私たちを助けてくれると嬉しいな」

「……でも」

ちらりと入り口付近に立つオグマを見る。

彼は良い顔をしないだろうと思ったのだ。

実際、彼は渋い顔をしていて、歓迎されていないのは分かる。

だがオスカーは全く気にしなかった。

「気にする必要はないよ。そもそも止めておけと言ったのに、先走って告白したオグマが悪いんだから」

「そ、それはそうかもだけど」

「それより君が思い詰めている方が心配だよ。オグマのことは私がちゃんと見ておくし、君に嫌な思いはさせないと約束するから。ね、良かったら私を助けてくれないかな」

笑みを浮かべ、オスカーが言う。

彼が本心から私を心配してくれているのが伝わってきた。それに気づき、私も口角を上げる。

「……ありがとう。じゃあそうさせてもらおうかな」

昔の彼とは大違いだと思いながら告げる。

幼い頃のオスカーは、本当に嫌な男だったから。心を入れ替えたと言っていたが本当に別人みたいで、びっくりだ。

今の彼なら国を継ぐと言われても、良い方向に行くだろうなと思えるし、将来私が皇帝の座に就いた時も仲良くしたいと本心から思える。

同じ君主という立場になる彼と、今こうして共に過ごすことができて幸運だ。きっと今の彼との交友は未来の私の力になる。

「君が力を貸してくれるのなら百人力だよ」

立ち上がり、手を差し出してくるオスカー。その手を握り返し、私は「任せて」と頷いた。

間章　公爵令息は自覚する

日々が輝いている。

ディアナが戦う人だと知った日から、俺は毎日のように手合わせをしようと彼女を誘い続けていた。

彼女と戦うのは楽しい。

ディアナはとても強い人で、変な手加減をする必要もなかったから。

女性は守るべきものだと思っていた俺の価値観を良い意味で崩してくれた彼女に俺は夢中で、今までが嘘のように、ディアナを見れば声をかけるようになっていた。

「ディアナ、手合わせをしよう」

「ディアナ、今日の放課後は空いているだろうか。良ければ手合わせを――」

ディアナ、ディアナ、ディアナと俺は毎日彼女を追いかけた。

彼女と拳を合わせるひとときは幸せとしか言いようがなく、気持ちがとても高揚する。

戦いを通してディアナという人を知っていけるのが楽しく、俺は今の毎日が気に入っていた。

オスカー殿下と一緒にいるのは少し不快だったけど。

ディアナと殿下は幼馴染みということで、留学中で他に知り合いのいない彼女はよく殿下と共に行動しているのだ。

俺とは違い、殿下はディアナと同じクラス。彼女が孤立することを思えば、殿下が側にいるのは良いことなのだろうが、モヤモヤとした気持ちはどうしてもあった。

当たり前だ。俺はディアナのことが好きなのだから。自分以外の男と楽しげにしている姿など見たくはない。

それでも、授業以外の時間はほぼ俺が独占しているようなものだったからまだ許せた。

特に放課後だ。

放課後は、それなりに時間があるし、学園の運動場が開放される。生徒なら自由に使うことができるのだ。

ここでディアナと戦うのが俺は好きで、この時間があるからこそ殿下とディアナの仲が良いのも、なんとか呑み込むことができていた……というのに。

◇◇◇

「ディアナ?」

放課後、いつものようにディアナを誘いに教室へ行ったが彼女はいなかった。

どうしたのだろう。

不思議に思っていると、まだ残っていた生徒が俺に気がついた。

「クロム様。もしかして、ディアナ様をお探しですか？」

俺がディアナを毎日のように誘っていることは、皆が知っている。肯定の返事をすると、生徒は「それなら」と言った。

「ディアナ様なら、先ほど殿下と出て行かれましたが――」

「殿下と？」

「はい。ディアナ様は少し思い詰めた様子でして、殿下が気遣って場所を移されたようでした」

「……思い詰めた？」

何か思い悩むようなことでもあったのだろうか。

昨日戦った時、彼女はいつも通りだった。相変わらず拳は鋭く、蹴りは空気を切り裂き、さすがはディアナだと心が躍ったのだけれど。

「ディアナたちがどこに行ったのか、分かるか？」

「いえ、それはさすがに……」

気になるので様子を見に行こうかと思ったが、移動先までは分からないようだった。教えてくれたことに礼を言い、その場を離れる。

思い詰めた様子だったというディアナが気になるが、どうすることもできないので仕方なく寮に帰る。

以前までの俺ならひとりでも鍛錬に励んでいたのだが、何故かそういう気持ちにはならなかったのだ。

「……お、どうしたの。今日は天使ちゃんとの手合わせはなかったの？」

寮に戻ると、生徒に開放されている談話室で寛いでいたブランが声をかけてきた。

談話室は一階にあり、帰ってくれば必ず通る場所でもある。

寮生全員がいても寛げる広いスペースは皆の憩いの場となっており、貴族の応接室のような造りだ。

毛足の長い絨毯《じゅうたん》が敷かれていて、大きな暖炉、壁には有名画家の作品が飾られている。ソファやテーブルも多く設置されており、学園が雇った給仕係に声をかければ、軽食くらいなら楽しめる。

今も何人かの生徒が集まり、談笑している。ブランはひとりで寛いでいたのか、大きなソファに座り、珈琲《コーヒー》を飲んでいた。

ブランの近くの椅子に腰掛ける。給仕を摑まえ、紅茶と何か食べるものを頼んだ。

そうして彼に向かう。

「誘いに行ったのだが、ディアナはいなかった。残っていた生徒に聞いたが、殿下とどこかへ行ったとのことだ」

「殿下と？　ふうん、天使ちゃん、殿下と仲良いもんね。そういうこともあるか」

ブランが珈琲を飲みながら頷く。

殿下と出かけたと聞いても誰も不思議に思わない。それくらい彼らが親密なことを皆が認識しているのだ。

それがとても悔しい。

「……ディアナは思い詰めた様子だったと、その生徒は言っていた。殿下はそれを慰めていたようだったとも。……何か悩み事があるのなら俺に言ってくれればいいのに」

情けなくも本音が出た。

俺の言葉を聞いたブランが目を丸くする。

「え、それ本気で言ってるの？」

「どういう意味だ。好きな女性の力になりたいと思うのは当然だろう」

「それはそうなんだけど、君の口からそういう言葉が出るとは思わなかったんだよ。だって君ってば、口を開けば『手合わせ』しか言わないし」

「……確かに、それはそう、だが……」

実際、今日も誘いに行ったのだから否定はできない。だけどいくら俺だって、悩みがあるという人間に「手合わせをしよう」なんて言わないのだ。

そう告げると、ブランは微妙な顔をした。

「うん、まあね。でもさ、クロム。いい加減気づきなよ。俺はさ、なんとなくだけど、天使ちゃんの悩みがなんなのか分かるから」

「分かるのか！」

俺が分からないのにどうしてブランが。

そうは思うも、彼女の悩みがなんなのか知りたいと思った俺は、ブランを問い詰めた。

「ディアナは何を悩んでいる！」

ブランがじっと俺を見てくる。そうして呆れたように首を左右に振った。

「そういう答えが出てくるようじゃ、俺からは言えない。……近いうち、後悔することになると思うから、できるだけ早く気づきなよ。取り返しのつかないことになる前にさ」

「どういうことだ？」

忠告するような声音に怪訝な顔になる。ブランは俺から視線を逸らし、珈琲カップを見つめた。

「知らない。俺からはこれ以上は言わない」

「ブラン……」

黙ってしまった友人を見る。

彼の言っている意味が分かったのは、次の日のことだった。

◇◇◇

ブランの意味ありげな言葉が気になったが、どうすることもできず迎えた次の日。

放課後になるのを待ち、俺はいつものようにディアナのクラスへ彼女を迎えに行った。

手合わせをしたいのもそうだが、何より彼女が元気なのか知りたかったのだ。

思い詰めているというのが本当なら、俺にも話を聞かせてもらいたいと思うし、そう言うつもりだった。

何か力になれることはないか。そう言えば、きっと彼女は教えてくれる。

何せ今まで幾度となく拳を交えたのだ。戦う者同士通じ合えていると思っていたし、だからこそ彼女は俺に心を許してくれていると思い込んでいた。

だが、それはあまりにも簡単に裏切られた。

「ごめんね、クロム。私、昨日、生徒会に入ったの。だからこれからは放課後の手合わせに付き合えないわ」

「えっ……」

告げられた言葉に息を呑む。彼女の隣にいた殿下が口を開いた。

「ディアナ。そろそろ生徒会室へ行こう」

「そうね。——そういうことだから、本当にごめんなさい」

「えっ、あ……」

引き留める間もなく、ふたりが連れ立って教室を出て行く。それを為《な》す術もなく見送った。

今、何が起こったのか考えたくない。

だけど認めなくてはならなかった。

ディアナが俺ではなく殿下を選んだのだということ。

横に並んで歩くふたりの姿は実に自然で、俺の入る隙はないのだと言われたような気がした。

嫉妬の炎が燃えさかる。

——俺が一番ディアナに近かったのに。

情けないが、どうしようもない本音だった。

だけど彼女が選んだのは殿下で、その事実は変えようがない。

「もしかして……ディアナは殿下のことが好き、なのか?」

ふっと今まで一度も考えたことがなかったことが脳裏に浮かんだ。

ディアナが殿下を好き。

ふたりは一緒にいる機会も多いし、距離を縮めるのは簡単だ。

それに、ふたりはお似合いだし。

天使のような外見を持つディアナと、中性的な容姿の殿下はお似合いで、互いに並んで見劣りしない。皆だって、ディアナと殿下が付き合いだしたと聞けば「なるほど」と納得するだろう。それくらいふたりの距離は近いのだ。

今まで俺がその可能性に気づかなかったのは、ディアナの時間を独占している自信があったからに他ならない。

ディアナは俺の誘いを殆ど断らず、誘えば笑って「仕方ないわね」と付き合ってくれたから、彼女の気持ちが殿下にある……なんて考える必要もなかったのだ。

だけど今は違う。

ディアナは放課後を、俺とではなく殿下と過ごすことを選んだ。

俺よりも殿下といたいのだと行動で示したのだ。殿下だってきっとディアナを好きだろう。そうでもなければあの忙しい人が、毎日のように学園に来てはいないだろうから。

去年までの殿下は、学園に来る日と来ない日が半々くらいだった。

王子としての仕事が忙しいからで、学園も特例として認めていたのだけれど、今年に入ってからは、彼は毎日きっちりと登校している。

ディアナに寄り添い、楽しそうに笑っている。

時折彼女に優しい目を向けていることだって気づいていた。でも、ディアナが受け入れなければそれだけの話だ。そしてそのディアナは俺といることを優先してくれている。だから安心していたのに。

あっという間に俺の優位性は崩れ去り、残ったのは彼女が殿下を選んだというどうしようもない事実だけ。

「……」

ふたりは両想いかもしれない。その事実に打ちのめされる。

「嫌だ……信じたくない」

どうしてこんなことになったのか。

今まで万事上手く行っているとそう思っていたのに。

しばらくはショックでその場を動けなかった俺だが、それでもなんとか足を動かし、寮へと戻った。目指すは、ブランの部屋だ。

扉を強めの力でノックすると、ブランが顔を出した。

「どうしたの。今日こそ天使ちゃんと手合わせするんだって意気込んでなかった？」

「……ディアナが……生徒会に入る、と」

「生徒会に？　ああ、殿下が推薦したんだね。で？」

「……これからは放課後の手合わせができないと断られた。生徒会の仕事があるから、と」

未だ信じられない気持ちで告げると、ブランは「あー」と言いながら何故か天井を仰《あお》いだ。

手招きしてくる。

「……事情は分かったから、とりあえず中に入って。そこで落ち込まれると迷惑だからさ」

「……すまない」

萎《しお》れた気持ちで返事をする。中に入ると、窓際の椅子に座るよう勧められた。素直に腰掛ける。

正面の席に座ったブランが「で？」と、テーブルに肘をつきながら聞いてきた。

「昨日、俺の言ったことが現実になったわけだけど、クロムの方の言い分は？」

「……取り返しのつかないことになると言っていたあれか」

「そう。昨日は言わなかったけどさ。殿下に天使ちゃんを取られちゃうよって話。少し前までのクロムなら取り合わなかっただろうけど、今ならその可能性があるって分かるよね？」

「……ああ」

ブランの言葉に打ちのめされた気持ちになりながらも頷いた。

「よく、分かった。でも、どうしてだ？　どうしてディアナは急に態度を変えたんだ。俺は今まで彼女は俺のことを憎からず思ってくれていると信じていたのに」

「それは、放課後の手合わせに付き合ってくれていたから？」

「……ああ」

その通りだったので肯定した。ブランは口をへの字にしながら「馬鹿でしょ」と告げる。

「クロムがそれでいいと思っているのならって口出ししなかったけどさ、普通に考えてみなよ。口を開けば『手合わせ』しか言わない男に、どうやったら女性が惚れてくれるっていうのさ。手合わせで育めるものなんて戦友意識くらいじゃない？　少なくとも恋愛感情は育たないよ」

「だ、だが……俺は……」

「クロムは楽しかっただろうね。好きな女性の時間を自分の好きなことで独り占めできていたんだからさ。でもさ、一度でも考えてみた？　天使ちゃんの気持ち。天使ちゃんからしてみれば、クロムの行動は意味不明だったと思うよ。自分に対して、何を求めているのか分からないんだからさ」

「……」

「はっきり言うよ。何も言わず、ただ手合わせをしただけで惚れてくれるような女の子なんてこの世界にいない。きっと彼女は思っただろうね。クロムは自分のことをライバルか何かだと見なしているのだろうって」

「ち、違う！　お、俺は彼女のことを――」

「でも君、それを一度だって天使ちゃんに伝えたことがある？　好意を持っているって言った？　だから誘っているんだって告げたの？　言っていないのなら、ただ強いから手合わせをしたがっているようにしか彼女には見えなかったと思うよ」

「っ……」

ブランから告げられる容赦ない言葉に黙り込む。

ブランはため息を吐き、決定的なことを言った。

「思い詰めている様子だったっていうのも、君のことだったんじゃないの？　クロムが何を考えているのか分からない。自分はただ、ライバルとしてしか見られていない。もう嫌だって思ったんだろうね。……天使ちゃんがクロムを気にしていたのは事実だと思うよ。だからこそ嫌でもクロムに付き合い続けてくれたんだろうし。でも、どんなことにも限界はある。天使ちゃんは、きっとその限界が昨日来たんだよ」

「……ディアナは……俺との手合わせが嫌だったのか。ならそう、言ってくれれば……」

「ものすごい勢いで『手合わせしよう』って誘いまくっておいてそれを言うわけ？　それに言ったでしょ。天使ちゃんはクロムを気にしていたって。気にしている男から声をかけられたら普通は頷くよね。ただ、まさか彼女もひたすら手合わせだけに誘われるとは思わなかっただろうけど。……たまにはデートにでも誘ってあげれば良かったのに」

「……そういえば一度、手合わせに誘った時に、そうではなく買い物に行かないかと言われたことがあった。それなら新作の筋トレグッズを買いに行きたいと言ったのだが――」

「うっわ。勇気を出して誘ってくれてるんじゃん。それに対する答えが筋トレグッズ？　ないわ……クロム、ちょっと考えればデートのお誘いだって分かるだろ？」

「……」

責めるように見られたが、何も言い返せなかった。

確かにブランの言う通りだと思ったからだ。

ディアナは俺を気にしてくれていた。だから好きではないことでも俺に付き合ってくれた。

でも、愚かな俺はそんな簡単な事実にも気づかず、胡座《あぐら》を掻き、ついには見捨てられてしまったということなのだ。

「俺が……馬鹿だったから」

「そうだね。そこは本当に否定のしようがないよ。いくら初めて人を好きになったって言ってもさ、もう少しやりようがあったんじゃない？」

言葉の刃《やいば》が突き刺さる。

「いずれ気づくかなーって思っていたけど、それより天使ちゃんの限界が先に来たんだね。で、殿下はそこに上手くつけ込んだ、と。傷心の時に優しくされると、女の子は簡単に落ちるよ」

「っ……」

じっとブランの言葉を聞く。己の愚かさに腹が立って仕方なかった。

いくらでもチャンスはあったはずなのに、俺はそれを自分で壊してしまった。

ただ自分が楽しかったから、全部上手く行っていると思い込んでしまったのだ。

「ディアナ……」

初めて好きになった人。その人を失うかもしれないことが怖かった。

黙り込んでいると、ブランが大きなため息を吐く。

「分かった、分かった。とりあえず自分の何が悪かったのか理解したんなら、次から行動を変えなよ」

「次？　だがディアナは殿下と――」

「それ、天使ちゃんがそう言ったの？　殿下と付き合ってるって。天使ちゃんが言ったのは、生徒会役員になったから放課後は付き合えないってことだけでしょ」

「それはそう……だが」

「クロムのことを気にしていたのに、すぐさま殿下に乗り換える、なんて普通はないでしょ。クロム、今からなら多分まだ間に合うよ。自分が馬鹿だったと分かったのなら行動を改めればいい。ちゃんと、天使ちゃんのことが好きって分かるような態度を取るんだ。間違っても『手合わせ』なんて言うんじゃないよ。二の舞だからね？」

真剣な顔で諭され、頷いた。俺だって二度失敗するつもりはない。

ディアナを失いたくないのなら、それなりの行動を取るべきなのだ。

「分かった。今度は間違わない」

「恥ずかしいとか言ってる場合じゃないからね？　クロムにはもう後がないんだから。背水の陣のつもりで挑みなよ。好意は前面に押し出していく。分かった？」

「……ああ」

正直に言えば、好意を表に出すのは恥ずかしい。だけどブランの言うことは正しいと自分でも分かっている。

俺が羞恥心に襲われるくらいなんだというのか。それでディアナが俺を気にしてくれるようになるのなら易《やす》いものだ。

「大丈夫だ。ちゃんと、する」

決意を込め、頷いてみせる。ブランが心底呆れたという顔で言った。

「その決意をもう少し早くして欲しかったよね。ま、面白がって、ギリギリまで放っておいた俺も悪いと思うから仕方ないけど。——頑張りなよ、クロム」

「……ああ」

聞き捨てならない言葉が聞こえた気がしたが、ブランのお陰で助かったのは事実なので、追及するのは止めてやることにした。

◇◇◇

「クロム・サウィン、ちょっといいかな」

次の日、新たなる決意も胸にディアナの教室へ行こうとした俺を呼び止める声がした。

振り返る。そこに立っていたのは、俺が今一番気にしている男だった。

オスカー・フーヴァル。フーヴァル王国の第一王子にして王太子だ。

彼は柔らかな笑みを浮かべ、俺の前に立った。

「殿下……」

「話があるんだ。時間は取らせない」

「……構いませんが」

殿下の言葉に頷いた。

本音を言えば、お前と話すことは何もないとでも言いたいところだったが、相手は我が国フーヴァルの王太子。不敬な態度を取ることは許されない。

「良かった。じゃあ、単刀直入に言うよ。クロム・サウィン。君、生徒会に入らないか？」

「え……」

——生徒会に、俺が？

何故と思う間もなく殿下が言う。

「君も知っていると思うけど、ディアナが生徒会副会長を引き受けてくれてね。これで我が生徒会は三名体制になったわけなんだけど——如何せんまだまだ人数が足りなくて。良ければ君も入ってくれないかなと思うんだ」

「……」

「君には今まで何度も生徒会入りを断られているのは分かっているけどね、今回は今までとは事情が違う。快く引き受けてくれるんじゃないかって期待しているんだけど」

「……」

何も答えず殿下を見つめる。

俺が今までに何度も殿下の誘いを断っているのは事実だ。生徒会に入れば、就職に有利なのは分かっていたが、それでも放課後の鍛錬の時間を削られるのが嫌で遠慮させてもらっていた。

俺の最優先事項は強くなることで、それを邪魔されるようなことはしたくなかったのだ。

だけど。

――生徒会役員になれば、ディアナと一緒に過ごすことができる。

もう放課後は付き合えないのだと言って去って行った彼女を思い出す。

ここで誘いを断れば、ディアナとの接点は減り、想いを伝えるどころではなくなるだろう。

積極的に彼女に好意を示す。そのためにはどうしたって、彼女と顔を合わせ話すことのできる時間が必要なのだ。

俺は、二度と失敗しないと誓った。

ならば答えはひとつだけ。

「……分かりました。お受け致します」

「良かった。きっと受けてくれると信じていたよ」

ライバルなはずの殿下は嬉しそうにそう言った。

彼はディアナを好きだと思うのに、わざわざ俺を生徒会に引き込んだ。その狙いはなんなのだろう。

ただ、懐が深いだけ？　それとも何か裏が……いや、気にしても仕方ない。

なりふり構うような余裕なんて俺にはないのだから。

殿下がにこりと笑う。

「君には生徒会書記をお願いしたいと思っているんだ。君は座学も優秀だからね。期待に応えてくれると信じているよ」

「……ご期待に沿えるよう頑張ります」

役職などどうでもいい。ディアナの近くにいられるのならば。

殿下に彼女を取られるのも嫌だし、今度こそ自分を異性として認識してもらえるよう、自分がそういう目で彼女を見ているのだと分かってもらえるよう頑張ろう。

「宜しくお願いします」

色々な意味を込めて頭を下げた俺に、殿下は「うん、宜しくね」と鷹揚《おうよう》に応えた。

第四章　次期女帝は困惑する

クロムの誘いに応じなくなって、ふつかほどが過ぎた。

晴れて生徒会役員となった私は、放課後は生徒会室に行き、書類仕事などをしている。

思っていた以上に、クロムとの手合わせの日々は私のストレスとなっていたのだろう。どこか解放された心地だった。

とはいえ、本当にこれで良かったのかと思わなくもないけれど。

クロムとのなんの進展もない手合わせをし続ける日々に疲れたのは本当だけど、彼を嫌いになったとか、好きではなくなったとか、そういうわけではないのだ。

今でも彼のことは好きだし――いや、ふつかほど離れたことで、如何に彼のことが好きだったのかより一層実感しただけだった。

最初は一目惚れから始まった恋。

それは彼という人を知るにつれ、実体の伴うものへと変化した。

外見はもちろん好ましく思っているが、今はもうそれだけではない。

腹立たしいくらいに真っ直ぐなところや、武に対し、どこまでも真剣なところ。

そして驚くくらいに努力家であるところなどに私は確実に惹かれていったのだ。

彼は『ど』がつくくらいに真面目で、成績の総合一位というのもその結果に過ぎない。ストイックに自らを律するところなどは、私も彼を見習わなければならないと思うほどだ。

つまり、すっかり私は彼という人間を好きになってしまっているということで。

彼から離れることになった『手合わせ』の話も、彼の性格を思えば、そうなるのも仕方ないのかな、なんて思い始める始末。

だから、あの手合わせと鍛錬の日々に戻りたいとは思わないけれど、それで彼を嫌いになるとかはないのだ。

「はあ……」

年間イベントの予算が書かれた書類を眺めながら、クロムを思う。

当たり前だが私が断ったあの日から、彼が誘いに来ることはなくなった。

それは嬉しいことのはずなのに、どこか寂しいという気持ちがあって、ざわざわする。

手合わせなんてしたくないのに、クロムが教室の扉を開けて、私を見て笑ってくれるあの瞬間を思い出し、悲しい気持ちになってしまうのだ。

もうあの日々はやってこない。それが分かっているから。

「ディアナ。その書類、もう三十分は眺めているけど、そんなに難しい処理が必要かい？」

「えっ、いえ……」

会長席に座っていたオスカーが呆れたような声で話しかけてくる。私は慌てて、承認印を押した。

確認はとっくに終わっていたのだ。

だけど考え事に持って行かれて、作業の手が止まっていただけ。

完全に怠慢である。

「ご、ごめんなさい。集中するわね」

向かいの席ではオグマが「それ見たことか」みたいな顔をしながら、こちらも書類を捌《さば》いている。

ぼんやりしていた私が悪いので、どう思われても仕方ないが、気まずくて小さくなった。

オスカーが羽根ペンを置き、私に言う。

「いいよ。少し休憩にしようか。もうすぐ最後の生徒会役員が来るし、ちょうどいい」

「えっ……もうひとりも決まったの？」

「うん。ずっとお願いしていた子がようやく引き受けてくれたんだ」

「へえ……ああ、この間言っていた人？　どんな人なのかしら」

そんな話もあったなと思いながら尋ねると、オスカーは何故か苦笑した。

「ええと……うん、まあ楽しみにしてくれていいよ」

歯切れが悪い。何かまずいことでもあるのかと彼を見つめると、生徒会室の扉がノックされた。

噂の新役員だろうか。

「どうぞ。入って」

「……失礼します」

オスカーの言葉に続き、扉が開く。

どこかで聞いた声だなと思うも、まさか彼のはずがないと思った私は己の考えを振り払うように首を横に振った。

そうして入ってきた人物を見る。

「え……」

目を大きく見開く。そこに立っていたのは、私が絶対に違うと思った当人だった。

「え、ええと……」

「三年魔法科所属、クロム・サウィン。本日付けで生徒会書記として着任しました」

なんと言って良いのか分からない私を余所に、クロムがハキハキとした声でオスカーに告げる。

オスカーは頷き、私を見た。

「驚いたかな。彼が最後の生徒会役員のクロム・サウィンだ。これから卒業までの間、ここにいる四人で生徒会を運営することになる。皆、協力してやっていこう」

力強い声に、それぞれが返事をする。

まさかクロムが来るとは思っていなかった私は、すっかり頭が混乱していた。

何せ彼はとにかく戦うことが好きな人なのだ。

手合わせをしていた時に、放課後はずっと鍛錬で、自室でも筋トレは欠かさないという話だって聞いていた。

そのクロムが自分の大事な時間を削って、生徒会役員になる？

どうしたって信じられず、首を傾げていたが、そんな私にクロムが近づいてきた。空いていた私の隣の席に腰掛ける。

「ディアナ」

「……クロム。あなたが生徒会役員になるなんて思ってもいなかったわ。あなたは優秀な人だけど、役員に興味なんてないと思っていたし」

私の言葉を聞き、クロムは「否定はしない」と頷いた。

「実際、興味があるわけではないんだ。今まで何度も断っていたし。だけど――君がいるって聞いたから」

「えっ……」

今、私は幻聴を聞いたのだろうか。

聞けるはずのない言葉が聞こえ、己の聴力を真剣に疑った。

間抜けにポカンと口を開け、クロムを見る。彼は目を細め、柔らかく笑った。

「君が、いるからだ。ディアナ。君がいない放課後は思いの外堪《こた》えた。だから引き受けたんだ」

「……」

「君がいないと鍛錬する気にもなれない。こうしてまた君と過ごすことができて嬉しく思っている」

「えっと……え？」

私の目の前にいるのは誰なのだろう。

言われた言葉が本気で理解できなかった。

いや、だってクロムだし。

筋トレと手合わせのことしか考えていないと言っても過言ではない人が、鍛錬する気にもなれないとか言い出すなんて天変地異の前触れか何かかと思ってしまった。

好きな人に対して酷いことを言っているかもしれないが、実際クロムはそういう人なのだ。

一に戦い二に筋トレ。そんな人が私がいないと駄目だ……みたいなことを言い出すだろうか。

「……あなた、誰？　よく似ているけどクロムのニセモノ？」

「ぶふっ……！」

ついつい心の声が漏れてしまったのだが、それに反応したのは黙って私たちの様子を見ていたオスカーだった。

彼は堪えきれないといった様子で噴き出し「思った以上に面白い反応だったね」と肩を揺らして笑っている。

クロムはといえば、目を丸くし、それから苦笑した。

「酷いな。俺がニセモノのはずないだろう。正真正銘本物のクロム・サウィンだ」

「そうは見えないから言っているんだけど……。じゃあ、何か悪いものでも食べた？　それともどこかに頭をぶつけたりしたとか……」

他の可能性をつらつらと挙げていくと、ますますオスカーの肩が大きく震えた。

「ディ、ディアナ……さすがにそこまで言うと、クロムが可哀想《かわいそう》だよ」

「い、いやでも！　クロムよ？　あの戦いと鍛錬のことしか興味のないクロムがこんなこと言うはずないじゃない！」

「いやまあ……私も一瞬どこの誰とは思ったけど」

「そうよね⁉」

最早この変貌は、イメチェンとかそんなレベルではない。そこでハッと気がついた。

「そうか……私、夢を見ているのね。ええ、そうとしか考えられないわ！　……いたっ！」

勢いよく自らの頬を抓《つね》るも、当たり前だがとても痛い。

現実としか思えない痛みに襲われ、私は涙目でクロムを見た。

「……嘘でしょ、本物なの？」

「いや、だからさっきからそう言っているのだが」

「だって信じられなくて……」

「そう思われるのも無理はないが、信じて欲しい。俺は俺で何も変わっていない。ただ、これまでとは違い、思っていたことを素直に口に出しているだけだ」

「それ、めちゃくちゃ変わってるから……！」

何か心境の変化でもあったのだろうか。

別人になったかのような変貌ぶりについていけなかった。

クロムが眉を下げる。

「愚かな自分に気がついたんだ。二度と同じ過ちを繰り返したくない。そのためには、自分の想いを素直に吐き出すのが一番だと思った。俺が変わったようにディアナには見えるかもしれないが、ずっと心の中で思うだけだったことを言葉にしているだけなんだ。俺自身は変わっていない。……

ディアナ、信じてくれるか」

「……え、ええ」

すっと目線を上げ、こちらを見てくるクロム。

視線が合ってドキドキしたし、声は見事にひっくり返った。

クロムがフッと表情を緩め、笑みを浮かべる。

「良かった。信じてもらえて嬉しい。――ディアナ。君には本当に迷惑をかけた。今まで俺の手合わせに付き合ってくれてありがとう。いつも俺の都合に君を付き合わせてばかりだったが、これからはそんな独りよがりな真似はしない。君を困らせたいわけではないんだ。ただ、俺は君と一緒に過ごす時間が楽しくて――」

「待って待って待って！　これ以上は無理!!」

クロムの口から紡がれる、攻撃力の高すぎる言葉の数々に撃沈した。耐えきれずストップをかける。

未だかつて、これほど威力の高い攻撃を受けたことがあっただろうか。

昔何度も涙した、戦いの師匠による悪魔の如き特訓も、今のクロムの言葉ほどのダメージを私に与えなかった。

あの特訓は今でも時折悪夢として夢に見るが、実は大したことなかったのだな、なんて思ってしまうほどである。

「ディアナ？」

「い、いいえ、なんでも……ないの……ご、ごめんなさい」

突然叫び声を上げた私に、クロムが心配そうに声をかけてくる。それに頬を引き攣らせながらも返事をした。

ちなみにオスカーは、最早隠す気もなく、声を上げて笑っている。

腹立たしいが、私が第三者だったら絶対に笑うだろうなと思うので文句も言いづらい。

――うう、うううう。

心臓が、全力疾走した時のようにバクバク言っている。

クロムが、私が疲弊していたことに気づいてくれたのは、正直嬉しい。それについてわざわざ謝ってくれたのも、気遣いの言葉をくれたのも有り難く受け止めたいと思う。

だけど、だけどだ。

今までなんの栄養も与えられなかったところに多量の養分を投入されても困るのだ。私の心が追いつかない。

いや、嬉しい。嬉しいのだけれど！

「ご、ごめんなさい。突然の供給に耐えきれなかっただけだから」

「？　どういう意味だ」

「……なんでもないの」

「ふっ……ふふっ」

オスカーの笑いを噛み殺すのに失敗した音が気に障るが、最早指摘する余裕もない。

数日ぶりに会ってみれば今までとは別人のように私に甘く対応するクロム。

すっかり変わってしまった彼にどう対応すれば良いのか分からず、助けを求めるように扉付近に立つフェリを見る。

「……」

フェリが無表情のまま肩を震わせているのを見て、誰も助けてくれないのだなと私はがっくり肩を落とした。

◇◇◇

「クロムが甘々になって、ついていけない……」

彼が私と同じく生徒会に所属するようになってひと月ほどが過ぎた。

クロムはすっかりスタイルチェンジが身についたのか、私に対し、分かりやすく好意を滲ませながら話しかけてくるようになった。

態度が変わったと言ってもあのクロムのことだ。それは一時だけの話で、しばらくすれば元の彼に戻るだろうと甘く見ていたのだけれど、どうやら彼の決意は固いらしく、相変わらず私を悶絶させるような言葉を吐いてくるのだ。

「事務仕事はあまり好きではないが、君と一緒に過ごせるのなら楽しいと思える」

とか、鍛錬をしなくていいのか聞いた私に、

「君が生徒会室で殿下と一緒に過ごしていると考えると、気もそぞろになる。それくらいなら君の顔を見られるここに来る方がいい」

なんて、今までの彼なら絶対に言わなかったであろう言葉を大盤振る舞いしてくるのだ。

その度に私は身悶《みもだ》え、心の中で「うあああああああ!!」と可愛くない叫び声を上げる羽目になっているのだけれど、問題は私がそんなクロムになかなか慣れないところだ。

甘い言葉を聞くと、堪えきれない羞恥が襲ってきて、その場から逃げ出したくなってしまう。

確かに手合わせばかりの毎日は嫌だと思っていたし、その頃と今のどちらが良いのかと聞かれれば今と答えるしかないのだけれど、恥ずかしさだけはいつまで経ってもなくなってはくれなかった。

「はあ、はあ、はあ……クロムの攻撃力高い……」

自室のソファにもたれ掛かりながら、ボソリと呟く。フェリが呆れを滲ませた声で言った。

「何を仰っているんですか、嬉しいくせに。ダメージを受けるとか言いながらもお顔がにやついていることに気づいていないとでもお思いですか。全部バレバレですからね」

「だって！　あのクロムが私に、戦い以外の……ううん、甘い台詞を言ってくれるのよ⁉　そんなの堪能しない方がおかしいでしょ⁉」

強く訴える。

これまで長く不遇の手合わせ生活が続いていたのだ。

そこにやってきた濃度の高い幸福。嬉しいに決まっている。

「ク、クロムはこんなに私を喜ばせて……その……私のことが好きなのかしら……」

普通に考えれば、なんとも思っていない相手に甘い思わせぶりな言葉を言ったりはしないだろう。クロムは私のことを憎からず思ってくれている。そう考えて間違いないはず。

だが、フェリは冷静に言った。

「どうでしょう。何せあのクロム様ですからね。唐変木が甘くなったところで、根本が変わるとも思えません。真実思っていることを言っているだけ。深い意味はない……という線も十分あり得るかと」

「……ありそう……！」

「唐変木は所詮、唐変木です」

きっぱりと告げられた言葉に震え上がった。

確かにあのクロムなら、無自覚でやらかしているだけというのは大いにあり得る話だった。

「じゃ、じゃあ私、過度な期待はしない方がいいわよね……」

「そうですね。決定的なことを言われるまでは静観の構えというのが、一番ではないか、と」

「そうするわ」

下手なことをして自爆するような羽目にはなりたくない。

迂闊《うかつ》な行動は取るまいと固く決意した。

そしてその次の日。

放課後、恒例となった生徒会室での仕事中、ふとオスカーが口を開いた。

「そういえばクロムは、卒業後の進路をどう考えているのかな。まだ卒業まで時間はあるけど、そろそろ先を考え始めてもいい頃だろう？　城で働く気はあるのかい？」

自分の味方になり得る優秀な人材を取り込むのは、将来国王になるオスカーにとって大切なことだ。

私には、彼を婿に貰い受けたいという野望があるので、フーヴァルに持って行かれては困るのだけれど、正体を隠している状況では文句も言えない。

余計なことをとオスカーを睨めつけつつ、クロムがどう考えているか知りたいのも本当なので彼の返事を待った。

クロムは、金額計算していた手を止め、少し考えてから慎重に答えた。

「そう、ですね。卒業後は軍部に入って身を立てたいと思っています。俺は次男なので、家を継げませんから、自分の食い扶持くらいは自分で稼がなければと」

――へえ。

すでに具体的なことを考えているクロムに感心した。

将来どうしたいと聞かれても答えられない。卒業まで一年を切っているのに、何も考えていない。そういう者は決して少なくない。

長男は家を継ぐことが第一となるから仕方ないが、次男や三男にも意外と多く、私の過去の見合い相手にも、私と結婚すればなんとかなるから何も考えていないという者たちが何人もいた。

その度に私は自分の将来すら他人任せで、己の頭で考えることができないのかと苛々したのだけれど、そういう人たちとクロムは違うと知り、嬉しかった。

とはいえ、彼にフーヴァルの軍部に入らせるつもりはないけれど。

クロムには私の伴侶になってもらわなくてはならないのだから、当然である。

オスカーが意味ありげに私を見てからクロムに尋ねる。

「ふうん。軍部に入ってくれるのなら私としては大歓迎だけど。君ほどの男なら、あちこちから婿入りの誘いがあるんじゃないのかい？　どこかの家の娘と結婚して家を継ぐ。そういう予定はないの？」

「！」

ある意味、私が一番聞きたかったところだ。

全神経をクロムに集中させる。彼はオスカーの問いかけに、首を横に振って答えた。

「そういう予定は全く。いえ、お声がけはいただいているのですが、俺はそんな気持ちにはなれなくて。できれば、自分自身の力で未来を切り開きたいのです」

「へえ。じゃあ、結婚して婿入りというのは考えていない？」

「はい。そのつもりはありません」

きっぱりとクロムが答える。

「別にその生き方を否定するわけではありませんが、俺自身は妻の生家に頼るような真似はしたくないと考えています。ですから結婚というのはあまり……」

「そうか。フーヴァル中にいる、君を娘の婿にと狙っている貴族たちが落ち込みそうな話だね」

「申し訳ありません」

軽く頭を下げるクロム。そのまま彼はオスカーと話を続けたが、私にそれを聞くだけの余裕は残されていなかった。

何せ、ものすごくショックを受けていたから。

彼の『婿入りしたくない』『妻の生家に頼りたくない』という言葉。

それは端から聞けば、立派だと褒められる台詞なのだろうけど、彼を己の伴侶として迎えたいと思っている私には、己の願いを否定されたも同然だった。

……分かっている。

別にクロムは私を拒絶したわけではない。

彼は私の事情なんて何も知らない。

私がメイルラーン帝国の皇女で、次期皇帝だなんて考えてもいないはずだ。

私が婿となる人物を探しに来ていることだって告げていないのだから、私が傷つくのも彼を責めるのもお門違いだと分かっている。

それでも、胸が痛かった。

婿入りなどごめんだと言わんばかりの彼の表情が、全てを物語っていたから。

彼は本気で婿入りする気がないのだ。

自分ひとりで生きていこうと、決めている。そんな風に見えた。

「……」

「ディアナ?」

耐えきれず立ち上がる。突然、立ち上がった私にクロムが怪訝な顔を向けてきたが、私はなんとか笑顔を取り繕った。

「……ちょっと、外の空気を吸いたくなっただけ。少ししたら戻るから心配しないで」

言い捨て、生徒会室を出る。もちろん私の護衛であるフェリもついてくる。それは分かっていたし、彼女は私の事情を知っているから追い返すつもりはなかった。

むしろついてきてくれて良かったと思ったくらいだ。

「……クロム。婿入りは考えてないんだって」

人影のない中庭。

立ち止まった私は、後ろについてきているだろう人物に向かって口を開いた。

案の定背後から声が返ってくる。

「そうみたいですね。まあ、クロム様は姫様の事情をご存じないのですから、仕方ないでしょう」

「ええ、分かっている。分かっているの。でも――」

胸に渦巻く失望を拭えない。

まるで告白する前に振られてしまったような気持ちだ。

「私がメイルラーンの次期皇帝で、夫となる人物を探しているって知ったら、クロムはどう思うのかしら」

もちろん父との魔法契約がある以上、契約条件が整わない限り言えないのだけれど、それでも考えてしまう。

私の立場を知って、それでもクロムは私に今の優しい笑顔を向けてくれるのか。

私が、彼を欲しいと言えば、応えてくれるのか。

いや、今の話を聞けば、それは難しいとしか言いようがないのだけれど。

「私、クロムのこと、諦めた方がいいのかしら」

婿入りの意思がないクロムを追いかけ続けることに意味はあるのか。

私はここで伴侶を探してくると、父に約束してきたのだ。

その約束は絶対に果たすつもりだし、だとすれば、未来のないクロムを好きでいても仕方ないのではないだろうか。

「……なるほど。それもひとつの手かもしれませんね」

私の独り言にフェリが返事をする。

私は思わず振り返り、フェリを睨んだ。

「ちょっと！　どういう意味よ！」

「どういう意味って……クロム様を諦めるという話ですよ。確かに先ほどのお話を聞けば、姫様の想いが、姫様の願う形で成就することは難しいと思いますしね。それなら潔く別へ行く。時間は有限なのですから、そういう割り切りも必要です」

「……」

「諦めて、別の候補を探されますか？」

淡々と告げるフェリから目を逸らす。

まるで責められているようだと思ったのだ。

自分でこの男がいいと決めたくせに、少し都合が悪くなったからと別の男に乗り換える。お前はそんな女なのかと詰《なじ》られた気持ちだった。

そして……そうなのかもしれない。私は所詮、意気地のない馬鹿な女なのかもしれないと思いかけたところで、そんなわけあるかとハッと我に返った。

私が、この私がこれと目をつけた男を諦める？　そんなことするはずない。

私は欲しいものを手に入れる。そのためならどんな努力だってしてみせる。

最初にここに来た時に、そう誓ったではないか。

深窓の令嬢なんて似合わない真似をしたのだって、クロムを振り向かせたかったから。

あんな小っ恥ずかしいことまでしておいて、今更諦めるとかあり得ない。

弱気になっていた心が、急速に立ち直っていく。

ああ、そうだ。

諦めるなんて、らしくない。そんなの、私でもなんでもない。

振られるかも、で諦めるくらいなら、わざわざ留学なんてしていないのだ。

だから私は自らを奮い立たせ、フェリに言った。

「馬鹿ね。そんなわけないいじゃない」

「……」

じっとフェリが私を見つめてくる。その目は私の真意を探るもので、私は静かに彼女の目を見返した。

「今更、他の誰かに鞍替《くら》えなんて馬鹿なこと考えていないわよ。さっきはちょっと弱気になっただけ。何よ、婿入りが嫌なら、その嫌な婿入りすらしたいと思わせるくらい私に惚れさせればいいだけのことでしょ！　やってやるわよ！」

彼に拘《こだわ》りがあるというのなら、その拘りなどどうでもいいと言わせるくらいに、私に惚れさせてしまえばいい。

簡単なことだ。

「私、絶対にクロムを諦めたりしないから」

宣言するように告げると、フェリはにこりと笑った。それがまるで『よくできました』と言われているようで恥ずかしい。

「――それでこそ、私がお育てした姫様です」

「……当然でしょ」

「ええ。危うく姫様はその程度のお方なのかと思ってしまうところでした」

言外にもう少しで見捨てるところだったと示唆された私は「嘘でしょ⁉　そんなにがっかりさせてたの⁉」と叫んだがフェリは笑うだけでそれ以上は答えてくれなかった。

フェリに見捨てられると大問題どころの騒ぎではないのでホッとしたが、実は彼女はわりと人間に厳しいところがあるので、それはそうとして、改めて彼女の主人に相応しい女であれるよう頑張ろうと、気合いを入れ直した次第である。

第五章　次期女帝は憧れる

「来月、毎年恒例の生徒会主催で行う大規模な催しがあるんだ」

生徒会の仕事にも慣れてきたある日、オスカーはそう言って、話を切り出した。

生徒会役員が主導となって行う大規模イベント。フーヴァル祭と名のついた催しの内容は、毎年生徒会役員が自由に決めていいことになっている。

ただ、学外からも客が来るので、下手なことはできないとのことで、何をするのかは慎重に選ぶ必要があると言われた。

くだらない催しを企画した日には天下のフーヴァル学園、その生徒会も所詮はこの程度かと噂されてしまうし、それが延《ひ》いては学園の評価に繋がりかねない。

さすがはフーヴァル学園の催し。自分の子供たちも是非入学させたい、そんな風に思わせなければならないのである。

そんな重大すぎる任務を生徒会に丸投げで本当に大丈夫なのかとも思うが、これがフーヴァル学園代々のやり方らしい。

歴代の生徒会役員たちは、その時の彼らにできる限りのコネと伝手《つて》、権力と金を使って、催しを成功させ続けてきたというわけだ。

「昨年は、どんな感じだったの？」

話を聞き、去年の催しの内容を聞く。どういうものが行われたのか知らなければ、意見を言うこともできないと思ったのだ。

何せ私は留学生で、去年までのフーヴァル祭を知らない。聞くとオスカーではなく、珍しくもオグマが口を開いた。

「去年は殿下のお力で招いた人気俳優たちによる新作舞台を上演しました。フーヴァル祭は大盛況のうちに終わり、さすがは殿下と皆、口々に――」

「オグマ、そういうのはいいから」

オスカーが止めに入る。

自分への賛辞が続くことを悟ったのだろう。オグマを黙らせたオスカーは、去年のことを思い出したのか懐かしむような顔をして言った。

「――まあ、正直大変ではあったね。目玉になる俳優のスケジュールを押さえるのは大変だったし、終わるまで成功するかどうか冷や汗ものだった。今思い出しても二度とやりたいとは思わないよ」

「なるほど」

「だから今年はもう少し管理しやすいものをやりたいんだけど……君たちの方に何かある？」

「何か……」

「なんでもいいよ。とりあえずは案を出してくれれば。まあ、派手な方が皆は喜ぶだろうけどね」

「派手な催しは、学園の評価も上がりやすいのです」

オグマが口添えする。

確かに派手な催しは分かりやすい分、評価に繋がりやすいだろう。

かといって、あとひと月しかないのでは、できることも限られてくる。

考えていると更にオスカーが言った。

「自分の持っているコネを大いに使ってくれると嬉しいな。私たちにしかできない。そういうのもポイントは高いよ」

「自分だけが持っているコネ……」

メイルラーンの皇族なので、向こうの国のコネならかなりのものを持っている。

鍛錬をするのに軍部にはよく顔を出していたし、私の師匠は世界一有名な大召喚士だったりするのだ。

メイルラーン帝国の皇族は、召喚獣を受け継ぐ。だからその師匠に選ばれるのは当然召喚士なのである。

メイルラーン帝国に仕える大召喚士ガイウス。

単独で上級精霊との契約を成功させ、使役する彼は世界中に名前が轟《とどろ》いており、彼に憧れを抱く人も少なくない。

と、そこまで思ったところで、ひとつ、案を思いついた。

「パフォーマンスを行う、とかどうかしら」

「うん？　どういうこと」

オスカーが首を傾げる。私は頷き、口を開いた。

「皆に人気があったり有名だったりする戦士や魔法師なんかを招いて、闘技場でパフォーマンスをしてもらうの。強い戦士に憧れている人って多いじゃない？　結構喜んでくれるかなって思うんだけど」

「いいな！　悪くない。いや、俺もそういうのは好きだ！」

パッと目を輝かせ、話に乗ってきたのはクロムだ。

いくら私に甘くなろうと、彼の戦い好きの本質は変わらないので、きっと彼なら喜んでくれると思っていた。

オスカーが考えるポーズを取り、頷く。

「うん。確かに悪くない案だと思うけど、それって誰を呼べるかで動員数も大分変わってくるよね。ディアナ、具体的に誰かいるの？」

「……私の師匠なら、多分来てくれるわ。ちなみに私の師匠は、大召喚士ガイウス。知らないってことはないわよね？」

「大召喚士ガイウス⁉」

ガタッと音を立て、クロムがソファから立ち上がった。その目は期待に輝いている。

久しぶりに見た戦闘狂のクロムを見て、苦笑した。

手合わせ云々《うんぬん》は嫌だが、こういうクロムを見ると、ああクロムだなと思うのだから、私も大概馬鹿なのだと思う。

「ディアナは大召喚士ガイウスの弟子なのか！」

「ええ」

「あの有名な大召喚士ガイウス……。彼に弟子がいたのか！　彼は弟子を取らない主義だと思っていた！」

立て板に水の如く、クロムが師匠について語り始める。それに相槌《あいづち》を打ちつつ、オスカーに聞いた。

「どうかしら。大召喚士ガイウスの召喚パフォーマンスなんて、人が呼べると思わない？」

「いや、それは間違いなく闘技場が満員になるだろうけど……そういう見世物になるような真似を彼は良しとするのかい？」

「大丈夫。師匠は派手好きの目立ちたがり屋なの」

「……そうなの？」

オスカーが目を丸くした。

「あまり人前に出てこない方だという話だし……むしろ目立つのが嫌いなのかと思っていたよ」

「ううん。ただ、人の好き嫌いが激しいだけ。師匠って、嫌いな人に話しかけられても返事すらしない人だから」

そういう意味では、私が弟子として認められたのは運が良かったとしか言いようがない。

初めて師匠に会った時、私は彼が自分の先生として呼ばれたことを知らなかった。知らず彼に懐き、結果何故か気に入られて、両親によくやったと褒められたのだけれど。

未だに何故師匠が頷いてくれたのか分かっていない。

ともかく私は師匠の愛弟子《まなでし》と言って良い存在で、だからこそ確実に呼べば来てくれるだろうし、期待を裏切らないパフォーマンスを見せてくれると信じていた。

クロムはワクワクと非常に楽しそうだ。

「すごいな。まさか大召喚士ガイウスを招くことができるなんて考えもしなかった。一度お会いしてみたかったんだが、彼はメイルラーン帝国の人だろう？　会える機会などないと諦めていたんだ」

「私はソーラス公爵の姪ではあるけど、実家はメイルラーン帝国にあるしそちらの人間だから。メイルラーン人の方が呼びやすいのよ」

説明し、オスカーを見る。彼は大きく頷いた。

「本当に大召喚士ガイウスが呼べるのなら、是非お願いしたいところだね。実は、オグマも大召喚士ガイウスのファンなんだ。オグマ、お前も彼を呼べるのなら嬉しいだろう？」

「あら、そうなの？」

「えっ……」

突然話を振られたオグマが、ビクッと身体を揺らす。彼を見ると、オグマは顔を赤くした。

「い、いや、僕はその……」

口ごもるオグマに、オスカーが不思議そうに言う。

「お前が以前、大召喚士ガイウスの話を二時間ほどぶっ続けでしてくれた時のことを、私は忘れていないよ。全く、嬉しいなら素直に嬉しいと言えばいいのに。よっぽどクロムの方が素直だよ」

「そ、それは！　と、突然のことで上手く頭が働かなくてっ……！」

しどろもどろになりながらも説明するオグマの顔色は、最早真っ赤と言って良い。

オスカーの言う通り、師匠のファンだとその顔だけで理解できた気がした。

「へえ……」

クロムとオグマ、ふたりもファンだというのなら、これは頑張って師匠を呼ばなければ。そう思っていると、クロムがオグマに目を輝かせながら言った。

「そうか！　君も大召喚士ガイウスのファンなのか！　言ってくれれば良かったのに！　俺も大召喚士ガイウスの話なら一日中でもできる。今度良ければ大召喚士ガイウスについて語り明かさないか!?　いや、同志がいて嬉しいな！」

同類を見つけた目でクロムがオグマを見る。オグマは気まずげにしつつも、クロムの言葉に頷いた。

「ま、まあ……どうしてもと言うのなら、付き合ってあげなくもありませんが。……大召喚士ガイウスの話なら、僕もいくらでもしたいですから」

「ああ、是非！　楽しみだ!!」

クロムがオグマに手を差し出す。オグマは少し迷った様子ではあったが、その手をグッと握り返した。

——師匠を通して、クロムとオグマに友情が……。

今までそう仲良くもなかったふたりが意気投合した瞬間を目撃し、私は目を瞬かせた。

オスカーがこっそりと耳打ちしてくる。

「……なんというか、予想外なことになったね」

「……そうよね。まあ、私としてはこの方がいいかも。だってオグマってば、ずっとムスッとして私を睨んでくるんだもの。何も言われないけど視線がうるさいのよね。それがクロムと仲良くなることで少しでも減ってくれるのなら万々歳よ」

「……ごめんね。オグマには注意してるんだけど」

「いいわよ。どうせ猫を被らなくなった私が気に入らないんでしょ。彼は大人しやかな女性が好きだったみたいだし」

「うーん……そうじゃないんだけどな。まあいいか。オグマの自業自得だし」

うん、とひとつ頷き、オスカーがパンパンと手を叩いて、皆の注意を引いた。

「ディアナのコネを使って、大召喚士ガイウスを呼ぶ。うん、とても派手で注目を集める催しになることは間違いないだろう。だけどさすがにひとりだけというのはどうかな。せめてもうひとりくらい呼べるといいんだけど。できれば見劣りしないような人物で」

平然と無茶なことを言うオスカー。

二枚看板で行きたいという気持ちは分かるがそれは難しいだろう。皆も眉を寄せた。

何せうちの師匠は、世界中に名前が知れ渡った有名人だ。その師匠に見劣りしない人物なんてそうは――。

そう思ったところでクロムが言った。

「それなら俺が父に話を通しましょうか？」

「えっ……」

全員がクロムを見る。皆に注目されたクロムは、それに動じることなくオスカーに言った。

「俺の父なら、大召喚士ガイウスと並んでも見劣りはしないでしょう。拳聖という二つ名をいただいているくらいですし」

「フーヴァルの拳聖を!?　本当に呼べるんですか!?」

大声を上げたのはオグマだ。

どうやら彼は拳聖のファンでもあるようで、ずいぶんと興奮している。

そして私も彼の昔からのファンだったりするので、クロムの提案にドキドキしていた。

――え、あの拳聖を呼べるの？　嘘でしょ!?

クロムが拳聖の息子だというのは最初から分かっていたことではあるが、まさか会えるなんて思ってもいなかったので驚きだ。

オスカーも彼の名前を聞き、驚いた顔をした。

「……オデュッセウスが？　学園のイベントに来てくれるのかい？」

オデュッセウスというのは拳聖の名前だ。

オデュッセウス・サウィン公爵。それがフーヴァル近衛騎士団長でもある彼の名前。

「彼はかなり気難しい男だろう？　いくら息子の頼みとはいえ、頷くとは思えないんだけど」

王族であるオスカーは実際の拳聖と付き合いがあるのだろう。だからこそ言える言葉に、オグマも首を縦に振って同意している。

だが、クロムは自信満々に言った。

「大丈夫です。確かに父は気難しいところがありますが、殿下が困っていると言えば二つ返事で頷くでしょう。それに、俺もですが父も大召喚士ガイウスに興味があるんですよ。自分と同等に語られる存在。だけど滅多に国から出てこない彼を気にしているのは知っていますから」

「……へえ。あの拳聖が、師匠を気にしているの？」

つい口を挟んでしまった。クロムが私を見る。

「ああ。一度会ってみたいと言っていたのを聞いたこともある。だから大召喚士ガイウスの名前を出せば、普通に腰を上げると思うぞ」

「そうなんだ」

「――ということですが、どうでしょう。殿下」

クロムが判断を仰ぐようにオスカーに尋ねる。オスカーはにこりと笑い、頷いた。

「それなら是非、お願いしようかな。フーヴァル学園が呼ぶのが、メイルラーン帝国の大召喚士だけでは格好がつかないと思っていたし。フーヴァルからもオデュッセウスを出せるのなら言うことはないよ」

「では、早速父に連絡を取ります」

「お願いするよ。ディアナも、頼むね」

「分かったわ。帰ったらすぐにでも師匠に連絡を入れてみる」

オスカーの頼みに快諾し、フェリを見る。師匠に連絡を取るなら、フェリが一番確実なのだ。彼女が頷いたのを確認する。

おそらくは今日の晩にでも師匠から連絡が来るはずだ。

オグマが興奮を隠しきれない様子で言った。

「今年のフーヴァル祭は楽しいことになりそうですね！　フーヴァルの拳聖に、大召喚士ガイウスのパフォーマンスなんて、なかなか見られるものではありませんから‼　きっと世界中から観客が殺到しますよ！」

「あまり希望者が多いようなら、チケット制にした方がいいだろうね。フーヴァル学園の闘技場は広いけど、観客席には限りがある。いつものように入場を自由にしてはまずいかもしれない」

「確かに。殿下、お任せ下さい。そちらは僕がなんとかします。その……生徒会役員で僕だけ何も提供できていませんので、せめてその辺りの調整役を僕にさせて欲しいのです」

オスカーに直談判《じかだんぱん》するオグマの顔には焦りが見えた。

私とクロムがそれぞれ目玉となる人物を招聘《しょうへい》するというのに、自分は何も貢献できていない。それが心苦しいのだろう。その気持ちを理解したオスカーが頷く。

「ああ、頼むよ。お前に一任するからしっかり励んでくれ」

「ありがとうございます！　頑張ります！」

「お前は根回しや調整事を上手く纏めるのが得意だからね。お前に任せれば安心だよ」

「っ……！」

付け加えられた言葉を聞き、オグマが嬉しそうに口元を緩める。

己の部下を上手く掌握しているのだなと思いながらオスカーを見た。人心を掌握するのは国を継ぐ者として必要な技術だ。私も見習わなければならない。

しかし、それはそうとして、拳聖と会えるのは素直に嬉しい。

他国の近衛騎士団長なので、帝位に就けばいつか会えるだろうと思っていたが、予想より早い出会いにワクワクした。

「拳聖と会えるのね、楽しみだわ」

思わず口にすると、クロムがこちらを見てきた。

「君は……父のことが好きなのか？」

「好きというか、憧れの人なの。クロムも私の師匠に憧れがあるんでしょう？　同じ感覚だと思ってもらって間違いないわ。いつかお会いしたいってそう思っていたの」

「そう……なのか」

「拳聖は、あなたと同じで魔力を拳に乗せて戦うでしょう？　武器の類いを必要としないじゃない。私も武器を使わず戦うタイプだから、彼に憧れているのよ」

契約精霊に魔力を与え続けている私は、いざという時のために基本、残った魔力を温存している。

なので体術一本勝負。そういう戦い方をする私に、似たようなスタイルの拳聖の戦い方は参考になるのである。

「拳聖とクロムは同じ戦い方でしょ。だからあなたと手合わせするのも、とても役立っているのよ。でもやっぱり拳聖とまで讃《たた》えられた方の戦いを直に見てみたいという気持ちがあって――」

噂に聞く拳聖はどんな技を繰り出すのか、想像するだけでも楽しみだ。そう思いながら話すと、クロムがムッとしたように言った。

「……そんなことを言ったって、君はもう、俺との手合わせは嫌なんだろう？」

「えっ……!?」

「役に立ったなんて嘘を言ってくれなくていい。手合わせに関しては、自分でもさすがにやりすぎたと反省しているし、君が嫌がっていたことだって理解している」

「い、いえ、本当に役に立ったのよ。それは嘘ではないわ」

手合わせだけの毎日が嫌だっただけで、彼との戦いは楽しかったし、自分のためにもなった。

慌てて否定すると、じとっと恨みがましい目を向けられた。どうやら信じていないようだ。

私は話を逸らすように口を開いた。

「そ、そういうこと。とにかく拳聖にお会いできるのが楽しみだわ！　握手くらいならしてもらえるかしら。可能ならサインも欲しいんだけど、さすがにそれは迷惑よね……」

楽しい未来の話でもと思いながら言うと、何故かクロムはますます機嫌が悪くなった。

「……さっきから父の話ばかりだな」

「えっ、そう、かしら？」

「そうだ。……君が父に憧れていたのは分かったし、俺も似た感情を大召喚士ガイウスに向けているから理解はできるが……正直面白くはないな」

眉が不快そうに中央に寄っている。本当に嫌がっているようだ。

どうしてそこまで嫌な顔をされるのか。クロムだって私の師匠に同じ感情を向けているくせに
……そう思ったところでピンときた。

クロムに言う。

「ねえ。もしかして自分のお父さんに嫉妬しているの？　私が会いたいってはしゃぐのが嫌？」

軽い冗談のつもりだった。

返ってくるのは「そんなわけないだろう」という答えで、それで話を上手く誤魔化してしまおうと、そう思っていたのに。

クロムが苛立たしげに告げる。

「――それ以外に理由なんてあるか？　嫉妬しているに決まっているだろう」

「え……」

「君に憧れられるなんて羨ましい。父のことを一瞬憎らしく感じたくらいには腹立たしかった」

「……」

当然のように告げられた台詞を聞き、言葉を失った。

今、彼はなんと言ったのか。

自分の父親に嫉妬したと、私にはそんな風に聞こえたのだけれど。

――え、え、え……嘘でしょ⁉

嫉妬なんて、相手のことを好きでないと起きない感情だ。

つまり彼は私のことを『そういう意味』で好きだという話になるのだけれど。

——いやいやいや、クロムに限ってない。あり得ない。

フェリとも話したではないか。

きっとクロムの方に自覚なんてない。今の言葉だって無自覚で言っているに決まっている。

「……」

それは分かっているのにドキドキする。

もしかして、クロムは私のことを好きなのかなと勘違いしそうになる。

以前に比べて格段に甘い言葉を囁《ささや》いてくれるようになったクロム。それは嬉しいけれど、馬鹿な期待はしたくないのに。

「どうした?」

黙ってしまった私に、クロムが首を傾げ聞いてくる。そんな彼に私は「なんでもない」と首を横に振って答えるのだった。

間章　公爵令息は嫉妬する

今の自分ではディアナに好きになってもらえない。

彼女を取られたくないのならこれまでの自分を捨て、恥ずかしくても前に突き進むしかないのだと覚悟を決め――生徒会役員になってから少し経った。

彼女から手合わせを断られた当初は、もしかして殿下と付き合うのか……なんて考えてしまったが、どうやらそれは俺の杞憂《きゆう》だったようだ。

生徒会役員として現れた俺を見たディアナは目を丸くしていたが、特に避けられることもなく、今までと同じように話してくれた。

正直、嫌われてしまったのかもしれないとまで思い詰めていたから、望外の喜びだ。

ここからなんとかディアナの気持ちをこちらに向けてみせる。改めて決意し、普段思うだけで口にはしなかったことも積極的に言ってみることにした。

結果――。

「俺、知らなかったよ。クロムがこんなにも甘々な台詞を吐くことができたなんて……」

まるで成長した子供を見るような目で、ブランが見てくる。

授業と授業の合間にある短い休憩時間。偶然、廊下を歩いていたディアナを見つけたので声をかけたのだが、どうやら話を聞いていたらしく、彼女が去ってからおもむろに話しかけてきたのだ。

「……お前がそうしろと言ったんだろう」

「いや、言ったよ？　確かにね。何も言わず手合わせだけして、分かってくれというのはさすがに都合が良すぎるよとはね、言ったよ。……でもさ、俺としては驚きなの。さっきの『放課後、迎えに行く。君に会えるのを楽しみにしてるから』。これ誰の台詞だよ。馬鹿の一つ覚えみたいに『手合わせしよう』の七文字しかなかった男のくせに、いきなりレベルが上がりすぎじゃない？」

「……心の中にある気持ちを言葉にしただけだ。それとも何かまずかったか？」

本心を告げただけだが、駄目だっただろうか。心配になりブランに聞くと、彼は酸っぱいものでも食べたかのような顔をしながら首を横に振った。

「まずくない。天使ちゃんの反応もいい感じだったし、方向性は合ってると思う。でもさあ……ええ、クロムって女誑《たら》しの才能があったの？　それってわりとショックなんだけど」

「誰が誑しだ。ただ俺は今までの自分を反省しただけだ」

「反省してすぐこれっていうのが怖いんだよね。天使ちゃん、顔、真っ赤にしてたけど、そりゃあね。クロムレベルの男にあんなこと言われたら、顔だって赤くするよね。はー、顔を赤くした天使ちゃん、可愛かったなあ」

ディアナの様子を思い出したのか、ブランがニマニマとした顔になる。

途端、イラっときた。

「ディアナで妙な妄想をするな。腹立たしい」

「可愛かったって言っただけなのに」

「ディアナを可愛いと思うのは俺だけでいい」

「……恋人でもないのに独占欲発揮とかって、嫌われるよ〜」

「……」

揶揄うように言われたが、自覚があったので黙り込むしかなかった。

だって、ディアナが分かりやすく反応してくれるのだ。俺の言葉に一喜一憂し、時には期待を込めた瞳で見てくる。

己の所業を反省し、彼女にちゃんと男として意識してもらえるよう頑張ろうと決め、実行してから、ディアナの態度は徐々に変わっていった。

最初は困惑していたようだが、やがて嬉しそうに笑うようになり、今では前の手合わせをしていた時より距離が近くなったように思う。

やはり、己の好意を分かりやすく告げるようにしたのが良かったのだろう。まだ少し恥ずかしい気持ちはあるが、ディアナが受け入れてくれているのでこれからも続けようと思える。

「……そのうち、恋人になる予定だから大丈夫だ」

「まあね、あの様子なら大丈夫だろうけど。付き合えるようになっても気を抜いちゃ駄目だからね、クロム。世の中には釣った魚に餌をやらないような男も多いっていうから。逃げられたくなかったら、付き合ったあともきちんと今まで通り、いや今まで以上に優しく天使ちゃんに接してあげるこ

はない。

何せ俺は一度失敗しているのだ。二度と間違えないと思ってはいるが、世の中に必ずというもの
クロムの助言を有り難く受け取った。

「……ああ。肝に銘じておく」

と。いい?」

常に自らを律していかなければ。

そういう意味では、好きな人に対する行動と鍛錬はよく似ているように思う。

慣れた時ほど気を抜いてはいけない。多分、ブランが言っているのはそういうことなのだ。

とにかく、同じ過ちを繰り返したくない俺は、可能な限り慎重に行動するようにしていた。

気持ちは急《せ》くけれど、焦ってはいけない。もし、告白してディアナに振られたら、立ち直れる気がしないからだ。

まだ機は熟していない。そう思い焦《じ》れつつも毎日を過ごしていた時だった。

生徒会長である殿下から、フーヴァル祭についての意見を求められたのは。

フーヴァル祭。

学園の生徒会が主催する、年に一度行われる大規模イベントである。

国内外からも客が来るこのイベントは、フーヴァル学園の評価にも繋がるとても大切なものだ。

その催しにディアナは大召喚士ガイウスを呼ぶと言ってくれた。

なんと彼女の師匠が大召喚士ガイウスで、伝手があるとのことだったが、彼女だけに負担をかけ

させるわけにはいかない。

慌ててこちらも父を呼ぶと提案した。

そのあと、実家に帰り、父に話をすると、大召喚士ガイウスが来るという情報に目を輝かせ、「それは是非お会いしたい！」と引き受けてくれたので、面目は立ったと思う。

ただ、そのあとにニヤニヤと笑われ「お前が私を頼るとは珍しい。何かあったのか？」としつこく聞かれた挙げ句、ディアナのことを話す羽目になったのだけれど。

好きな女性がいると告げると父は「お前にもついに春が……。なんだ、どこの家の娘なんだ？」と根掘り葉掘り聞いてきた。

ソーラス公爵の姪だと話すと「ソーラス公爵の姪？　確かあそこは……いやなんでもない」と不思議そうな顔をしていたが、すぐに「想い人にいい格好をしたいのだろう？　任せておけ。その日は槍が降ろうと駆けつけてやる」と快諾してくれたことは感謝している。

ディアナの方も大召喚士ガイウスと連絡が取れ、了承を貰えたと言っていた。

今年のフーヴァル祭は間違いなく例年よりも盛り上がるだろう。

大召喚士ガイウスのパフォーマンスを生徒会役員として、近くで見られるのは楽しみだし、最近彼絡みで親しくなったオグマと、あとで語らう約束ができたのも僥倖《ぎょうこう》だ。

父が来ると聞いて、ソワソワしているディアナを見ると複雑な気持ちになるが、彼女が楽しみにしてくれているのならいいと、なんとか思うようにしている。

嫉妬しているのかと尋ねられた時に「その通りだ」と答えたことに後悔はないが、しつこいのはさすがに格好悪いと分かっているからだ。
ただ、ディアナは父に憧れているだけ。
自分にそう言い聞かせ、そうしてついにその日はやってきた。

一年に一度の大イベント。フーヴァル祭の幕開けである。

第六章　次期女帝は落とされる

「お初にお目にかかる、大召喚士ガイウス殿。私はフーヴァル近衛騎士団長、オデュッセウス・サウィン。以後、お見知りおきを。今日は貴君に会えるのを楽しみにしてきた。是非、色々と話させてもらいたい」

フーヴァル祭、当日。生徒会室にて。

覇気のある口調で師匠に手を差し出すのは、初めて見た本物のフーヴァルの拳聖、オデュッセウス・サウィンだ。

クロムと同じ髪と目の色合いが目を引く、渋みが滲み出た男性は、拳で近衛騎士団の団長にまでなっただけのことはあると思わせる筋骨隆々とした如何にも強者という風格を漂わせた人だった。

それに対し、目をパチクリとさせたあと、にっこりと笑ったのは私の師匠。

彼は拳聖に向かって、いつも通りすぎる挨拶をした。

「これはどうもご丁寧ニ☆　僕はガイウス・メイルラーン。今日は弟子にどうしてもってお願いされて来ちゃっタ☆」

「メイルラーン？」

「あれ、知らなイ？　僕、今の皇帝の弟なんだヨ～☆」

「申し訳ありません、サウィン騎士団長。師匠はこういう方でして……」

さすがに他国の立場のある人にこの対応はまずすぎる。

そう思った私は、弟子としての責務と思い、拳聖に頭を下げた。

ちなみにもっと言うと、彼は私の叔父だったりするので、『身内が申し訳ありません』という気持ちもある。

あまり知られてはいないが、大召喚士ガイウスは、彼が言う通り正真正銘現皇帝の弟なのだ。それもあって、傍若無人な態度でも許されることが多い。

今も師匠は、私が謝ったのが気に入らないようで、ぶうぶうと文句を言っている。

「なんでディアナが謝るワケ？　僕も君も何にも悪いことをしてないのにサ☆」

「その、人を苛つかせる態度について謝っているんです。師匠が皆を嫌な気持ちにさせたのなら、弟子である私が謝るのは当然ですからね」

「うーん、可愛くない。あ、可愛くないは嘘だからネ。ディアナはいつも綺麗で可愛い」

「当然です」

師匠が持ち上げてきたので、堂々と頷く。

私が綺麗で可愛いのは母譲りなので当然だ。『ありがとう』も『そんなことないです』も言い飽きたので、ここ二年ほどは「当然」と答えているが、師匠はその言い方がとても気に入っているらしい。

今も嬉しそうに笑っているし。

「うん、うん。やっぱりディアナはそうでないとネ。あ、ディアナ。ちゃんと鍛錬は続けてル？　僕が見ていないからってサボったりは駄目だヨ☆」

「サボっていません。ちゃんと鍛錬は欠かしていませんから」

師匠の言う鍛錬は、いわゆる精神を鍛える、というものだ。

自室で座禅を組んで瞑想《めいそう》するのが基本なのだけれど、魔力量の底上げをする修業としてはポピュラーなもの。だが地味な方法こそが結局は一番の近道で、強くなる方法だったりするから、私もサボらず、きちんと毎晩、フェリに付き合ってもらって鍛錬している。

「うん☆　ならイイ。君は真面目な子だから心配はしてなかったケド」

「はいはい。師匠も相変わらずですね」

「んっふふっ。ありがと！　うーん、あ、お待たせしたネ、オデュッセウス君。しかし……いやいや、聞きしに勝る迫力だネ！　僕なんて簡単に握り潰されてしまいそうダ！」

「度々すみません！　師匠が失礼なことを‼」

実際、拳聖は近衛騎士団の団長というだけあり、結構な迫力があったのだけれど、さすがに初対面の人に握り潰されそうなんて面と向かって言ってはいけないだろう。

師匠の代わりに謝ると、拳聖は豪快に笑った。

「いや、構わない。大召喚士ガイウス殿が自由奔放な方だという話は私も陛下から聞いて知っているからね。それより君が……ディアナ嬢かな。息子から話は聞いているよ」

「えっ、はい。ディアナ・ソーラスです」

一体、どんな話をされたのか気にはなるところだが、さすがに詳細までは聞けない。それに私の方も初めて見る拳聖に大分気分が盛り上がっているのだ。

――あの憧れ続けた拳聖がここに……！

百戦百勝、その拳は岩をも砕くと聞いたことがある。その大きな身体からどんな技が繰り出されるのか、近くで見られるというだけで大興奮である。

本当に、可能ならサインでも貰いたいところだ。

銀のプレートメイルと豪奢《ごうしゃ》なマントに身を包んだ拳聖は、その雰囲気からも強さが滲み出ていて、一挙手一投足に視線を奪われる。

「……素敵」

思わず呟くと、隣にいた師匠が「てい」と言いながら、私の頭に手刀を落としてきた。

「痛い！　何するんですか、師匠！」

「えー、僕の弟子なのに、僕以外の男に見惚れているのが腹立たしくってテ。君がフーヴァルの拳聖のファンだってのは知ってるけどサ。師匠がいるんだヨ。僕のことを優先してくれても良くなイ？　せっかくメイルラーンから頑張って来てあげたんだからサ」

「それは感謝していますよ。でも、別に無理やりって話でもないですよね？　面白そう☆の一言で参加を決めてましたよね？」

「そりゃあ、可愛い弟子の頼みだからだヨ。そう言ってあげた方が、罪悪感もないでショウ？」

「今言ったので、全てが台無しになりましたね。とはいえ、私に罪悪感などありませんので、あしからず」

「嘘⁉　少しくらい悪いなとか思わないノ？」

「全く思いません。どちらかというと、引き籠もり気味な師匠に外に出る機会をあげた私って優しいなって思っています」

「……君、年々父親に似てくるよネ。あいつもそういうところがあるんだヨ。僕に対して雑っていうかサ……ま、別にいいんだケド」

名前こそ出しはしなかったものの、父親と似ていると称され苦笑した。

私は外見こそ母親似なのだが、性格は父親似とよく言われる。

どちらにも似ているというのは私にとって嬉しいことで、悪い気持ちにはならない。

「……申し遅れました。フーヴァル学園生徒会会長職を務めております、オスカー・フーヴァルです。大召喚士ガイウス殿、この度は遠い中、わざわざお越し下さりありがとうございます」

話が途切れたタイミングを上手く見計らってオスカーが師匠に挨拶する。

王子と名乗らないのは、生徒会長として会っているからだろう。だが、師匠はオスカーの名前を聞いて「ああ、あの」と何故だかうんうんと頷いている。そうして実に楽しそうに告げた。

「君、アレでしょ⁉　昔、ディアナを怒らせて、投げられたっていうフーヴァルの王子様！　その話を聞いて、僕、大爆笑だったんだよネ！」

「そ、その話は……！」

「師匠‼」

私がオスカーの言動に腹を立て、彼を投げ飛ばした話は当然師匠も知っているのだ。その話を大勢の人がいる前で持ち出されたオスカーが、羞恥で顔を赤くする。

「アレ、違ッタ？」

「合ってますけど、こんなところで言う話ではないでしょう。師匠。お願いですから空気を読んで下さいよ……」

「嫌だヨ。面白くないシ☆」

「はあ……」

相変わらずすぎる師匠にため息を禁じ得ない。どこに行っても師匠は師匠なのだなと思ってしまった。いや、予測はしていた。この師匠がオスカーを前にしたくらいで大人しくしているはずがないと私は分かっていたはずなのに。

メイルラーン帝国の皇帝すらおもちゃにする人なので、この態度も私には納得なのだが、さすがにオスカーや拳聖は怒らないだろうか。

いや、怒るだろう。私なら初対面にこれをやられたらキレるし、投げ飛ばす。

だが、オスカーも拳聖も、師匠や私より余程大人だった。

冷静に受け止め、深々と頭を下げたのだ。

まずはオスカーが恥ずかしげに言う。

「いや、本当にあの頃の私は愚かとしか言いようがなく。彼女に投げ飛ばされたのも今なら当然だったと思います」

続いて拳聖も言った。

「その話は、私も殿下から聞いている。殿下の仰る通り、殿下が悪いのだから、いくら言われてもこちらとしては『申し訳なかった』と言うしかあるまい」

「その通りです。その……今更ではありますが、あなたの弟子に対し、失礼な態度を取ったことをお詫《わ》びします」

ふたりの言い分を聞いた師匠がにっこりと笑った。

「ウン、謝れるのはいいネ。いいヨ。その気概に免じて、僕の弟子に失礼なことを言った件は水に流してアゲル。反省してないようなら、これを機に色々してやろうかナって思っていたんだけど、なーんだ。必要なかったナ」

「……そんな物騒なことを考えていたんですか。何年前の話だと思ってるんです？」

「何年前だろうが、僕の弟子が粗雑に扱われたことは事実だからね。でも、きちんと謝罪できるのは評価できる。ウン、やる気が出てきたし、せっかくだから最高のパフォーマンスを見せてあげるヨ」

実は怒っていたんだと言う師匠に目を丸くする。昔、この話をした時は、彼はケラケラ笑っていただけだったのに、今の今まで根に持っていたとはびっくりだ。

私自身はもう気にしていない話だけれど、私を思い遣《や》ってくれているということは分かるので、なんだか面映《おもは》ゆい感じがした。

そのあとは比較的真面目に話は進み、まずは師匠が召喚パフォーマンスを見せ、そのあとに拳聖が模擬試合を行うということになった。

拳聖の模擬試合。

貴重すぎる機会に恵まれ、ドキドキする。

模擬試合ということは相手が必要なのだが、やはり師匠と戦うのだろうか。

師匠は召喚士として有名だけれど、実は体術にも優れている。私の拳や蹴り技を鍛えてくれたのだって師匠だと言えば、そのすごさは分かってもらえるだろうか。

召喚士はどんな時でも召喚獣に与える魔力だけは残しておかなければならない。だから己は体術で戦う。最悪、魔力を封じられてもそれなら戦うことができるからだ。

それは、次期皇帝として命を狙われることもある私にはとても合っている戦い方で、今日まで鍛え続けてきたのだけれど、残念ながら一度だって師匠に勝てたことはない。

その師匠と拳聖の戦い。

どんな高レベルなものになるのかと想像だけでも楽しかった。

ワクワクしていると、オスカーも同じように思ったのか拳聖に尋ねていた。

「オデュッセウスの模擬戦の相手は誰を想定しているんだい？　もしかして相手は大召喚士ガイウス殿？」

名前を出された師匠が目をパチクリさせた。

「え、僕？　別に構わないケド、召喚魔法以外は体術しか使わないヨ？　僕の戦い方って、召喚魔法以外ははっきり言って地味なんだよネ。観客はあまり喜ばないと思うケドナ」

「いや、貴君と戦えれば私としては光栄の至りだが、此度《こたび》は別に相手を想定している」

「ん？　近衛騎士団の団員でも誰か連れて来ているのかい？」

拳聖の相手になれる者なんて、そうそうはいないだろう。そう考えてのオスカーの言葉に、拳聖は首を横に振って否定した。

「いいえ、連れて来てはいません。……クロム。私の相手はお前だ。お前が弛《たゆ》まず鍛錬を続けてきたことは知っている。その成果を父に見せてみろ」

「えっ、父上……それは本当ですか！」

それまで目を輝かせながら師匠を見ていたクロムが、パッと拳聖の方を向いた。

その顔は期待に燃えていて、とても好戦的だ。正直ちょっとドキッとした。

クロムは相好を崩し父親に応える。

「父上と戦えるなんて！　こちらこそ是非！」

「うむ。模擬戦といえども、手を抜く気はない。私は本気で行くつもりだ。お前も妙なことは考えず、全力で向かってこい」

「はいっ！」

頬を上気させ、頷くクロム。その様子から彼が父親を慕っているのだということがよく分かった。

彼の戦い方は父親である拳聖と同じもの。彼の師匠はきっと父親だったのだろう。

期待でキラキラと瞳を輝かせるクロムの姿は、見ているだけでも楽しい。

好きな人が楽しそうにしているのだから当然だ。特に彼が戦うことを好きなのはよく知っていたから、余計に良かったねという気持ちになった。

ニコニコしていると、何故か師匠が私の横腹を肘で突いてくる。

「んっふふっ」

「……なんですか」

「ううん。なんでもナーイ。ね、そこの君。君、なんて言うのカナ？」

「お、俺ですか。も、申し遅れました。クロム・サウィンと言います」

師匠に声をかけられたクロムが、緊張した面持ちで答える。師匠はうんうんと頷き、クロムに言った。

「クロムくんネ。ふーん、君、なかなか良さそうな感じダネ。なるほど、こういうのがディアナの趣味なのカ……」

「師匠⁉」

声がひっくり返った。

余計なことを言わないで欲しいという気持ちを込めて、師匠を睨む。彼は楽しげに笑っていた。

そうして小声で私にだけ聞こえるように言う。

「ウンウン、いい趣味してルヨ、ディアナ。彼、結構強いよネ。僕、彼を連れて帰ってくるの、楽しみにしてるカラ☆」

「……頑張ります」

この短い期間で、私がクロムに惹かれていることがバレているとか、驚きである。だが、師匠相手に取り繕っても仕方ないので、こちらも小声で決意を告げた。

まあ、反対されなかっただけ良しとする。

師匠は、人の好き嫌いが激しく、クロムのことだって気に入るかどうかは正直賭けだと思っていた。

それが『楽しみにしてる』という言葉を引き出せたのだ。

十分すぎる成果だろう。

師匠はニヤニヤしながら、クロムにあれこれと話しかけている。クロムは緊張しつつも嬉しそうに答えていて、そういえば師匠に憧れていると言っていたなあと優しい気持ちになった。

——うん、良かったわ。

クロムが喜んでくれたのなら、師匠を呼んだ甲斐《かい》もある。

そんな風に思っていると、ふと、誰かの視線を感じた。

「ん？」

眉を寄せる。

思い違いかと思いつつも、気配のした方を向く。何故か拳聖とばっちり目が合った。

勘違いではなかった。どうやら私を見ていたのは拳聖らしい。

「ええと……何か？」

「……いや、できれば君とふたりで少し話したいのだが、構わないだろうか？」

「えっ……？」

――拳聖が私と⁉

私にとっては願ってもない申し出だけど構わないのだろうか。思わずクロムやオスカー、そして師匠を見ると、彼らは揃って頷いてくれた。

背中を押され、頷く。

「わ、私で良ければ」

「ありがとう。――殿下、隣の部屋をお借りしても？」

「構わないよ。鍵は掛かっていないから好きに使って」

オスカーが軽い口調で言う。拳聖が私を見た。

「では、そちらに」

「は、はい」

ドキドキしながらも彼についていく。

生徒会室の隣の部屋は、現在は空き部屋になっているが、定期的に清掃が入っていて綺麗な状態を保っている。

備品などもない、絨毯とカーテンしかないようながらんどうの部屋だが、拳聖は気にしないようだった。

中に入り、私の方へと振り向くと、躊躇《ちゅうちょ》なくその場に跪《ひざまず》いた。

「えっ……？」

「──メイルラーン帝国、第一皇女ディアナ様とお見受け致します。先ほどまでの失礼な態度、どうかお許し下さいませ」

「……」

告げられた言葉を聞き、静かに目を見開く。

どうやら彼は私が何者なのか知っていたようだ。

小さく息を吐く。皇女として彼に向かった。

「……髪も目も色を変えていたのによく分かったわね」

拳聖に立ち上がるよう命じ、自分の髪に触れる。今の私の色合いは、本来のものとは全然違う。

驚きつつも答えると、彼は薄らと微笑んだ。

「私は陛下と共にメイルラーン帝国の皇帝陛下にお会いしたことがあります。皇妃様にも。その皇妃様とあなたはよく似ていらっしゃるし、何しろソーラスと名乗られましたので。ソーラス公爵の姪がメイルラーンの皇女というのはよく存じています」

「そう」

「それに、幼かった頃のあなたにお会いしたこともありますので」

「えっ……」

記憶のない話に、変な声が出た。

「私、あなたに会ったことあるの？　全然覚えがないのだけれど」

「その当時、あなたはまだ五歳ほどでしたから、覚えていなくても仕方ないかと。──それで、ディアナ様。お聞かせいただけますか？　どうしてあなたが身分を隠し、このようなところにおられるのか」

「……まあそうよね」

自国に、知らないうちに他国の皇女が正体を隠して紛れ込んでいれば、警戒するのも当たり前。

私は彼に、夫を探しに来たことと、父を通してフーヴァルには話を通してあることを告げた。

「フーヴァル国王はご存じよ。もちろん、オスカーだって私のことは分かってる。それこそ彼とは幼馴染みみたいなものだから。正体を隠すのは父との魔法契約があるからで、フーヴァルに危害を加える気とかは一切ないし、誓ってもいいからその辺りは心配しないで」

「なるほど。いえ、メイルラーン帝国は友好国ですし、その辺りの心配はしていません。陛下がご存じなら私から言うべきことは――いえ、ひとつだけありましたね」

「……何、かしら」

じっと見つめられる。クロムと同じ色の瞳に見られると、なんだか妙な気持ちになった。

「殿下におかれましては、夫に我が息子、クロムをお望みですか？」

「っ⁉」

まさかそれを言われるとは思わず、言葉に詰まった。

目を大きく見開き、固まった私を見て、答えを察したのだろう。拳聖は「なるほど」と頷いた。

その『なるほど』はどういう意味なのか。怖いと思いつつも、ここで下手に誤魔化すことは良くないと悟った私は正直に自らの気持ちを告げることにした。

「……そうよ。私はクロムが好きだから、できれば彼を私の夫として迎えたいと思ってる」

「ほう。殿下に見初められるとは息子もやりますな。それで？　息子とはもう恋仲なので？」

「ち、違うけど！　そ、そうなれるように頑張っているというかなんというか……」

しどろもどろになりつつも答える。

どうして本人よりも先にその父親に、『息子さんのことが好きです。結婚したいから頑張ってます』なんて言わなければならないのか。

内心「うおおおおお！　恥ずかしい！　何これ‼」と大絶叫していたが、言わなければ始まらないし、そもそも父親である拳聖に認めてもらう必要はあるのだ。

結婚とは家と家の話だから。

中には反対されても縁を切って家を出る……なんて人もいるが、私はクロムにそんなことをして欲しくはなかった。

彼は父親を尊敬しているようだったし、拳聖は私も憧れ続けた人だから。

そんな人に後ろ足で砂をかけるような真似はしたくなかった。

「そ、そんな感じ。クロムの方が私をどう思っているかは分からないけど、嫌われてはいない……と思うわ」

恥を投げ捨て、顔を赤くしつつも答えると、彼はもう一度「なるほど」と言った。

「分かりました。ではまた進展があれば教えて下さい。ああ、一応言っておきますが、私は別に反対はしませんよ。息子があなたと共に行くと言うのなら、応援します。息子は次男ですし、どこかの家に入ってもらうのが一番安心ですからね。それがメイルラーン帝国の皇家というのなら、なかなかの出世だ。よくやったと褒め称《たた》えてやります」

「そ、そう、なの……？」

反対されるのかと身構えたが、全く逆のことを言われ、気が抜けた。

拳聖が笑って言う。

「全てはクロム次第ですな。あれが、あなたと行きたいと言えばそれで終わる話です。さて、私の話は以上ですが、あなたから何か質問などはございますか？」

「……」

さっぱりとした顔つきの彼を見る。

私が長年憧れ続けた相手。フーヴァルの拳聖が今、私の目の前にいる。

しかも、今はふたりきりで邪魔する者は誰もいない。言うなら今しかないとそう思った。

私は彼に、実は隠し持っていたサイン色紙を両手で差し出し、がばりと頭を下げた。

「サイン、下さい!!　ファンなんです!!」

駄目だろうとは思っていたが、もし機会があればと用意していたのだ。

馬鹿というのなら言えば良い。

言わないで後悔するよりは、言って後悔した方が良いと思うのだ。

「……」

沈黙が流れる。

ちらりと彼の顔を見ると、拳聖は呆気《あっけ》に取られた様子でサイン色紙を凝視していたが、すぐに豪快に笑うと私の頼みを聞いてくれた。

◇◇◇

予定されていた時間になり、いよいよフーヴァル祭が始まった。

学園が所有する闘技場は五万人が収容できる大きなドーム型のものだが、大召喚士ガイウスとフーヴァルの拳聖の名前は伊達《だて》ではなく、参加チケットはものすごい競争率だったようだ。

その辺りの采配をしていたオグマが、どうすれば少しでも多くの人数を収容できるかと頭を抱えていたのは知っている。

いくら根回しや事務作業が得意だと言っても、数万人規模の催しを仕切るのは初めてなのだろう。

日に日に彼の目の下の隈《くま》は濃くなっていたし、開催前日の夜は寝ていないようだった。

それでもなんとか魔法を使って、内部空間を広げ、更に一万人が参加できるようにしたと聞いた時は、素直にすごいと思ったけど。

オスカーがオグマを側に置く理由が少し分かった気がした。

確かにオグマは人を自然と見下すような欠点があるし、プライドが高すぎるという問題はあるけれど、オスカーにとっては優秀な頼れる人材なのだ。

彼を異性として見ることはないが、優秀な人なのだと認めるのは吝《やぶさ》かではなかった。

今日のフーヴァル祭には、フーヴァル王家の人間も来ている。

国王と、あとは王女。

オスカーの妹である彼女の名前はリアンノン。私は会ったことがないが、我《わ》が儘《まま》な性格をしていると噂で聞いた。

その国王と王女は正面の特等席に座っている。更に隣には学園長がいて、国王に催しの内容説明をしているようだった。

すでに観客席は満席となっている。

今日の出演者である師匠と拳聖をひと目見ようと、会場は異様な熱気に包まれていた。

そんな中、まずはオスカーが開会の挨拶をし、予定通り師匠が会場に姿を現した。

わっと観客が沸く。

大召喚士ガイウスの名前を知ってはいても、姿を見るのは初めてという人も多いのだろう。

姿を見せた師匠に会場中の目が釘付けになった。

「……頼んでおいてなんだが、大丈夫なのかい？」

生徒会役員席から師匠を見ていると、隣に座ったオスカーが話しかけてきた。ちなみにクロムはいない。次の模擬戦に父親と一緒に出るからだ。

生徒会役員席にいるのは私とオスカー、オグマ、そして私の護衛であるフェリ。

あと、何故か生徒会役員でもなんでもないブランがいる。

今回、生徒会役員席を使えないクロムが、彼の席を友人に譲りたいと言い、オスカーが認めた形だった。

ブランはピンク色の髪が特徴の緩い雰囲気を漂わせる男だけれど、どうしてクロムが彼と仲が良いのかは、未だよく分からない。

彼は怖《お》じ気《け》づく様子もなく、生徒会役員席で楽しげに寛いでいた。

あまりにも自然体で、彼も生徒会役員のように見えてくるから不思議である。

今はオグマに話しかけているようだ。親しげな様子で自分に接してくるブランにオグマは嫌そうな顔をしていたが、途中で面倒になったらしく、適当に受け答えし始めている。

彼らは放っておいても大丈夫だろう。

一応、孤立するようなら話しかけてみようかとも思っていたけど、必要ないと判断した私は、オスカーの疑問に改めて答えた。

「大丈夫よ。言ったでしょ。師匠は目立ちたがり屋なの。皆に注目されるのは大好きなのよ」

「まあ……確かにかなり自由な方のようだけど」

生徒会室でのやり取りを思い出したのか、オスカーが微妙な顔をする。それに肯定を返した。

「ええ、そうね。でも師匠は、やりたくないことは絶対にやらないけど、逆にやると決めたことは絶対に完遂する人だから心配しなくていいわ」

「そう。弟子の君が言うのならそうなんだろうな」

言いながらオスカーが闘技場の真ん中に立つ師匠を見つめる。私もそれに倣った。

私たちの視線に気づいた師匠が、にっこりと笑った。

彼の容姿は赤目に銀髪という本来の私と同じ色彩なのだ。

身長はそれなりにあるが童顔で、よく未成年に間違えられる。髪は腰の辺りまで伸ばしていて、一瞬女性に見えるような外見なので、あまり強いようには見えない。

師匠は片手に長い杖《つえ》を持っていた。召喚に使う杖だ。

それを掲げ、観客たちに聞こえるように言う。

「ハーイ！　じゃあ、今日は可愛い弟子にお願いされたから、僕のとっておきの召喚術を見せてあげるネ。皆が期待しているのは、やっぱり僕が契約している上級精霊カナ？　いいヨ、イイとも！今日の僕は機嫌がイイ。君たちの期待に応えてあげようじゃないカ！」

師匠が大召喚士と呼ばれるようになったのは、いわゆる上級精霊と契約することができたからだ。

上級精霊と呼ばれるものたちは皆、一様に扱いづらく、現時点で契約者になれているのはふたりだけと言われている。

そのふたりが師匠と私なのだ。

だけど私が契約できているのは、私がメイルラーン帝国の次期皇帝だからに他ならない。

メイルラーン皇家の血を引いているという条件を満たしているから、私は契約精霊に認められた。

代々の皇帝に仕える。メイルラーンの契約精霊は古くからそういう契約を皇家と交わしているから。

そうではなく、ゼロからの状態で精霊を召喚し、契約することに成功した師匠。

どう考えてもあり得ない偉業で、彼が大召喚士と呼ばれるのも当然だった。

師匠が杖でトン、と地面を叩く。

叩いた場所を中心として魔方陣が広がった。

召喚の魔方陣だ。白い魔方陣が金色に光る。魔方陣の中から、何かが押し上げられるように出てきた。

全身青色をした逞《たくま》しい男性の形をした精霊。身体と同じ色の布を巻きつけている。その姿は人間よりも大きく、威圧感があった。

私も何度か見たことがある。師匠の契約精霊である風の上級精霊、ジンだ。

闘技場にいる人々から大きな歓声が上がる。

上級精霊という、普通に生きていれば一生見ることのない存在を目にし、興奮しているのだ。

皆の歓声と興奮は師匠にも届いているようで、彼は満足げににんまりと笑った。

「イイねえ。こういう分かりやすい反応、僕大好きダヨ。さて、ジン。せっかくだ。お前の力を皆にスコーシだけ見せてあげなヨ」

契約主の言葉に従い、ジンが大きく息を吸い込む。

次に吸い込んだ息を吐き出した。ジンの吐き出した息が風になり、闘技場内をクルクルと回り始める。

それが次第に大きくなり、闘技場の真ん中に立つ師匠の姿を覆っていく。

まるで風のバリアだ。

観客たちが固唾を呑んで見守る中、そのバリアがパン、と弾ける。

「うわあああああ‼」

観客たちから喜びの声が上がる。

弾けた風が瞬間、ぶわりと空へ舞い上がり、ピンク色の花弁《びら》を無数に降らせたのだ。

花弁は柔らかな風に乗り、観客たちの頭上にも降り注いだ。

美しい光景に、観客のテンションは弥《いや》が上にも高まっていく。

「師匠……仕込んでたのね」

ジンを帰らせ、片手を上げて皆に応える師匠を見つめる。

ジンを召喚するだけでもかなりのパフォーマンスになると私は踏んでいたのだが、師匠はそうは思わなかったのだろう。

何か楽しいことをしてやろうとわざわざ考えてくれたのだ。

実際、観客たちは大喜びしているし、派手な演出は皆の心を引きつけた。

これはもう大成功と言って間違いない。

観客たちの興奮冷めやらぬ中、師匠が闘技場から出て行く。次に出てきたのはフーヴァルの拳聖。

近衛騎士団の団長としても有名な、オデュッセウス・サウィンとその息子であるクロムだ。

オデュッセウスはマントとプレートメイルを脱ぎ捨て、動きやすい格好になっていた。クロムは制服姿のままだ。

学園の生徒だと分かりやすく観客たちに見せるためなのだろう。

どうして拳聖がフーヴァルの生徒と一緒に出てきたのか、オスカーが前に出て説明する。

フーヴァル学園に所属する己の息子と模擬戦を行うのだと告げると、納得したのか観客たちからは期待の雰囲気が発せられ始めた。

ふたりが闘技場の真ん中に向かい合わせで立ち、それぞれ構える。

誰も何も言わない。観客たちも次々に口を噤み始めた。

緊迫した空気が闘技場内を満たしており、その空気を察した客たちが黙ったのだろう。

次に何が起こるのか、期待を込めて見ていると、誰かが何かを落としたのか、カツンという音がした。

その音は静まり返った闘技場内に嫌というほどよく響き、同時に戦いの合図となった。

まずはクロムが拳聖に勢いよく跳びかかる。

拳にはしっかりと魔力が籠もっており、その量は私と手合わせをした時の比ではなかった。

顔も厳しく、クロムが本当に全力で挑んでいるのだと分かる。

それに対し、父親である拳聖は余裕の表情を見せている。息子の拳を受け止め、満足そうに笑い、同時に魔力の籠もった蹴りを横腹に炸裂《さくれつ》させる。

「ぐっ……！」

ものすごい勢いで、クロムの身体が闘技場の壁に叩きつけられた。背中を打ちつけたクロムは痛みに呻《うめ》いたが、即座に立ち上がり、再び父親へと向かっていく。

クロムの周りに氷の槍がいくつも作られる。彼が魔法を使ったのだ。

氷の槍と共にクロムが拳聖に突撃する。鋭い槍は拳聖に突き刺さったが、さほどダメージを与えられなかったようだ。拳も受け止められてしまう。

「ちぃっ！」

舌打ちし、距離を取ったクロムは片手を上げた。

雷撃が拳聖を襲うも、拳聖はそれを華麗に避《よ》けた。

「クロム、魔法に頼りすぎだ」

「くそっ！」

三度、拳に魔力を纏わせ、クロムが父親に挑みかかる。

ふたりは拳を交え、戦い始めたが、その動きは全くと言って良いほど見えなかった。

時折、クロムが放ったと思われる魔法が闘技場に跡を残していったが、彼らの姿形は見えない。

思っていたより派手な魔法と体術を駆使した戦いに観客席からは時折感嘆の声が聞こえたが、あとは皆、じっとふたりの動きに見入っている。

「腕の動きが全然見えない……速すぎる」

手合わせをよくしていたので、クロムの実力は知っていたはずだった。

彼は強く、最初のまぐれ勝ち以外、一度も勝ててはいなかったけれど。

その時にしていた手合わせが児戯のように思えるほど、拳聖とのやり取りは激しく、それ以上に速かった。

素早く繰り出される拳に足技。魔力を上手く身体に乗せて繰り出される数々の美技に圧倒される。

私も一生懸命見ているが、最初は防戦一方だったクロムが、今は攻撃に転じているというのがかろうじて分かる程度で、ただふたりのすごさに驚くしかない。

──クロム、こんなに強かったのね。

私との手合わせの時、多分本気ではないのだろうなと薄々察してはいたが、予想以上だ。

特に魔法を交えながら戦っているのは初めて見たので、今の彼と手合わせしてまるで勝てる気がしない。

クロムはこう言われて嫌がるかもしれないが、さすが拳聖の息子だと言いたくなる。

皆も、クロムがただ息子だから拳聖の相手に選ばれたわけではないと分かったのだろう。最初は小さかった応援の声が、どんどん白熱したものになっていく。

今やふたりの戦いは完全に互角のように見えた。

クロムの動きに合わせるように雷撃が生み出され、拳聖を狙い撃つ。

「むうっ！」

雷撃を避ける際、少しだが体勢が崩れた。それをクロムは見逃さず、すかさず蹴りを叩き込む。

「っ！」

初めて拳聖が動揺した顔を見せた。急所に入ったのか、グラリと体勢が揺らぐ。そこを一気にクロムが攻め込んだ。

──勝てる！

そう思った次の瞬間だった。

「えっ……」

気づいた時には、クロムは地に伏せ、拳聖に首元を押さえつけられていた。

何が起こったのか分からない。

今の今までクロムが優勢で、まさに勝利は目の前にあったように見えたのに。

「っ……！　参りました……」

悔しそうな声でクロムが負けを宣言する。

拳聖が手を離し、クロムは立ち上がった。ふたり揃って、観客席に向かい、一礼する。

観客席からはわあっという声と大きな拍手が送られた。

普通なら見ることのできない高レベルな戦いに満足したのだろう。

クロムが退場し、何故かもう一度今度は師匠が出てくる。

「今日は気分がいいから質問を受けつけるゾ。ほら、オスカーくん、君が仕切って」

「えっ……私、ですか？」

「そう、君！　家族も来ているんだろう？　いいところを見せておくれヨ」

突然の無茶振りをされたオスカーが、困惑しながらも舞台に上がっていく。そうして世界中で最も有名と言って過言ではないふたりの突発的な質問コーナーは始まった。

真面目に答える拳聖とは違い、師匠は適当に冗談を交えながら答えていく。

ふたりのサービスに観客もかなり喜んでいる様子だ。

間違いなく今年のフーヴァル祭は成功と言って良いだろう。

それを確認し、立ち上がった。

ブランが声をかけてくる。

「天使ちゃん、ちょっといい？」

「⁉　天使ちゃん⁉」

あまりと言えばあまりすぎる呼び名に、反射的に立ち止まり振り返ってしまった。

ギョッとした私を見たブランが首を傾げる。

「え、今まで呼んだことなかったっけ？」

「知らないわよ。何それ……」

「ん？　クロムにはいつもこう言ってるけど。駄目？」

罪悪感の欠片もないような顔で見つめられ、脱力した。

多分、彼は悪気があって呼んでいるわけではない。それに気づいたからだ。

「はあ。いいわよ、もう。好きに呼べば。それで？　私に何か用？」

「んー、用っていうかさ、もしかして今からクロムのところに行くのかなって思って」

「……そのつもりだけど駄目だったかしら」

控え室にいるであろうクロムにねぎらいの言葉をかけに行こうか考えたのだけれど、そういうのはしない方がいいのか。私が尋ねると、ブランは「ううん」と否定した。

「いいんじゃない？　天使ちゃんが来てくれたら、クロムは喜ぶだろうし。ま、でも模擬戦とはいえ、負けてるからね～。あんまりその辺り、触れないであげてね。多分、かなり気にしてるから」

軽い言葉の中に、クロムを案じる響きを感じ取り、ハッとした。

ブランを見る。

「あいつ、多分天使ちゃんには見栄《みえ》を張りたいと思うから、その辺り汲《く》み取ってやってよ。俺が言いたいのはそれだけ」

「……分かったわ」

忠告に頷く。

ブランがクロムの親友なのだと本当の意味で理解した瞬間だった。

ブランはクロムを大切に思っている。それがよく分かった。

「ありがとう。気をつけるわ」

「うん。ま、君のことだから大丈夫だと思うけど」

ヒラヒラと手を振る彼に背を向ける。

向かうは闘技場内にある控え室だ。そこにクロムはひとりでいるはず。

「……クロム、いる？」

控え室に辿り着き、扉をノックする。

すぐに扉がガチャリと開いた。びっくりした顔のクロムが出てくる。彼は上半身裸で、首からタオルを掛けている。多分汗を拭っていたのだろうが、予想していなかった私は顔を赤くした。

「え、ディアナ？」

「お、お疲れ様、クロム。その、ごめんなさい。もしかして身体を拭いているところだったかしら」

「あ」

私の言葉で自分が上半身裸だったことを思い出したのか、彼の顔も赤くなっていく。

「い、いや、その……すまないっ」

「う、ううん！　勝手に来た私が悪いんだもの。クロムは謝らないで。わ、私、気にしない、し」

扉を閉めようとするクロムを押しとどめる。

せっかく来たのに追い出されるのが嫌だったのだ。冷静に考えれば出直せば良かったのだが、そんな簡単なことさえ頭に思い浮かばなかった。

気にしないと告げると、彼は戸惑いつつも「じゃあ……」と言いながら、控え室の中に入れてくれた。

「……あら」

控え室と言っても、客室のようなものだろうと考えていたが、全く違った。

ベンチにロッカー、あと奥には汗を流せるような設備も見えている。

部屋の角《すみ》にソファやテーブルといった応接セットが一応置かれてはいるが、メインの扱いではないのだろう。あくまで選手のための部屋。そんな風に見えた。

ソファの上には拳聖や師匠のものと思われる荷物が置いてある。クロムはそちらではなく、ベンチに腰掛けた。

流れ落ちてくる汗を首に掛けたタオルで拭っている。その様が妙に色っぽくて、そんな場合ではないと分かっているのにドキッとした。

「そ、その……お疲れ様」

誤魔化すように話しかける。クロムは汗を拭く手を止め、私を見た。

「ああ、ありがとう。負けてしまったけどな。父に魔法を使わせることすらできなかった……」

その声にがっかりとしたものを感じ、ブランの忠告を思い出す。私は慌てて口を開いた。

「そ、そんなことないわ。クロム、すっごく強かったもの」

「いや、まだまだだ。本来父も俺と同じように魔法を駆使しながら体術で相手を追い込むんだが、父は結局体術だけで俺をいなした。父は遙《はる》か遠い頂にいる。今の俺では到底敵わない」

本気でがっかりしている様子のクロムを見つめる。

私からしてみれば、びっくりするくらい強かったと思ったのだけれど、彼にとっては満足いく戦いではなかったらしい。

「……そう。でも私と手合わせしていたの、やっぱり本気ではなかったのね。あなたがあんなに強かったなんて私、知らなかった……」

拳聖と戦っていた時の様子を思い出しながら告げると、クロムは怪訝な顔をした。

「手加減？　君との手合わせ時、俺は手加減なんてしていなかったと思うが……」

「そんなわけないじゃない。だって私、さっきのクロムと戦える気がしないもの。……ねえ、私と戦ったって、楽しくなかったんじゃない？」

思わず告げる。

だって、さっきのクロムは本当に楽しそうな顔をしていたのだ。

自分より格上の相手と本気で戦える喜び。それが彼の表情には溢れていたし、何より輝いていた。

私と手合わせしている時には決して見ることができない顔だ。

その顔を自分がさせられないことに気づき、すごく悔しかった。

――私、格好悪いなあ。

師匠であり父親である存在に嫉妬しているなんてと思うも、実際に私が感じていたのは酷い焦燥感だった。

私では彼の相手になり得ない。

弱い相手と手合わせしたところで、彼の身になるとも思えなかった。それなのに何度も何度も時間を使って手合わせして。

はっきり言って無駄でしかない。もっと早くに止めようと言えば良かった。

だがクロムは私が何を言っているのか分からないようで、しきりに首を傾げている。

「？　さっきから君は何を言っているんだ？　君との手合わせが楽しくなかったなんてそんなわけないだろう。第一、君に手合わせをしてくれと頼み込んでいたのは俺の方だぞ？」

「そ、それはそうだけど」

「手を抜いていたつもりもない。俺は常に全力だった。ただその……父と戦えたのは久々だったから、大分テンションが上がっていたんだと思う」

「テンションが上がったくらいであんなに強さが変わるとも思えないけど。だってほら、私と戦っていた時は魔法、使わなかったし」

「？　それはそうだろう。君が魔法を使わないのに俺が使うのはフェアじゃない。純粋な体術なら君はかなりのレベルだと思うぞ。手なんて抜けば、あっという間に負けてしまう。変な謙遜はよしてくれ」

本気の声で告げられ、目を瞬かせた。

「そ、そう？　んん、じゃ、まあいいわ。私との手合わせがあなたの邪魔になっていなかったのならそれでいいの」

手合わせしていた時とは別人の如き動きのように思えたが、クロムに嘘を吐いている様子がなさそうだったので、それ以上追及するのは止めておいた。

だって意味がない。クロムがそういうところで嘘を吐く人でないのはよく知っている。

「邪魔なものか。君の体術はすごく参考になる。動き方が独特で、面白いなといつも思っているんだ」

「ま、まあ……私の体術は師匠仕込みだから、フーヴァルのものとは少し違うかもしれないけど……」

どんな時でも変幻自在に対応できなければならないという師匠の教えにより、私はわりとトリッキーな戦い方をする。

女性はどうしたって男性より力が劣る。だから奇をてらった戦いをする必要があるのだ。

クロムと最初に戦った時も、彼は私の戦い方にかなり動揺していたし、私が勝てたのはそれが理由だと分かっていた。

「あなたの参考になっていたのなら良かったわ」

「ああ。それに正直に言うと、参考にならなくてもそれはそれで構わないんだ」

「？　どういうこと？」

眉を寄せる。クロムは照れくさそうに笑った。

「――俺は、君と戦っている時間が好きなんだ。何物にも代えがたいと思っている」

「え……」

「だって戦っている間は、君は俺のことだけを見てくれるだろう？　とても得がたい時間だ」

「っ～！」

言われた言葉を理解し、カッと顔が赤くなる。

だってそれは、殆ど告白みたいなものだと思ったからだ。

自分だけを見て欲しいなんて、好きでもない相手には絶対に言わないと思う。

何も言えず、ただ、クロムを凝視する。彼は照れ顔のまま、私に視線を合わせてきた。

「だから、俺は君と戦いたいと毎日のように誘っていたんだ。君に、俺だけを見て欲しくて。もちろん君の気持ちも考えず、独りよがりなことをしていたと反省はしたが、それが俺の正直な心情だ」

「クロム……」

聞かされた言葉にドキドキした。

私との毎日の手合わせを彼はそんな風に思ってくれていたのか。

現金なもので、彼の話を聞いたあとでは、あの辛いばかりだった手合わせが途端、とても良いものだったように思えてくる。

「ディアナ……その、俺は――」

クロムが私を窺うように見つめてくる。その頬は上気していて、目は思わず見入ってしまうくらいに真剣だ。……もしかして、告白されるのだろうか。

まさかとも思うが、この雰囲気だ。期待しても罰は当たらないと思う。

「……」

彼の顔がどんどん赤く染まっていっているような気がして、ソワソワした。

胸が痛いくらいに高鳴っている。期待を込め、クロムの言葉の続きをじっと待つ。クロムが口を開いた――その時。

「あー、疲れタ。今日、僕たちサービスしすぎだよネ。あ、ディアナ！　僕、君のために頑張ってあげたヨー」

「し、しょ、う～！」

なんということだろう。

まさに今というタイミングで、師匠と拳聖が控え室に戻ってきたのだ。

当然、クロムは口を噤んだし、今の今まで流れていた良い雰囲気は霧散してしまった。

――嘘！　今、いいところだったのに!!

もしかしたらクロムが私に告白してくれたかもしれないのに、絶好のチャンスが潰《つい》えたことに気づいた私は、ショックを受けた。

がーんという言葉が頭を埋め尽くす。逆恨みと分かっていたが、私は思わず、師匠に言った。

「師匠、恨みますからね！」

「えっ、なんで⁉　僕、弟子の期待にこんなに頑張って応えてあげたノニ⁉」

「それは感謝していますけど、できればもうちょっと、タイミングというものを考えて欲しかった‼　もう、本当に最悪です！」

「ええ？　意味分かんないんだケド！」

「分からなくてもなんとかして！」

師匠の肩を涙目で揺さぶる私を見て、意味が分からないながらも拳聖は笑っていたし、クロムは仕方ないという感じで苦笑していたが、私としては本当に笑い事ではなかった。

第七章　次期女帝は決意する

フーヴァル祭が終わり、一週間ほどが過ぎた。

大召喚士と拳聖、ふたりによるパフォーマンスは大成功に終わり、フーヴァル学園はその評価を更に上げた。

学園長も甚《いた》く喜び、私たち生徒会役員にわざわざ礼を言いに来た。ふたりのパフォーマンスを見た貴族たちから寄付の申し込みが殺到したらしい。

『素晴らしかった、是非またああいう催しをやって欲しい』『あのふたりを呼べるフーヴァル学園にならら、うちの子供たちも安心して預けられる』等々、絶賛の言葉と共に多額の寄付金を手に入れた学園長はホクホク顔だった。

「いやあ、今年のフーヴァル祭は贅沢《ぜいたく》でしたね！　非常に良かったです！　ディアナさん、あなたを短期留学生として迎え入れて本当に良かった。大正解でしたよ！　まさか大召喚士ガイウスが来てくれるなんて、考えてもいませんでしたから！」

「……ありがとうございます」

私がいなければ師匠を呼べなかったと知っての発言だろう。私は苦笑しつつも、学園の役に立てたのなら何よりですと優等生っぽい返事をしておいた。

　そうして学園も日常を取り戻し、やれやれようやく落ち着いてきたぞと思った頃、その嵐はやってきた。

◇◇◇

「クロム！　見つけた！　こんなところにいたのね。もう、探したのよ」

「……お手数をおかけして申し訳ありません、殿下。ですが俺にはまだ午後の授業が」

「そんなの別にいいじゃない。ね、私とデートに行きましょうよ。王都で人気のカフェを女官に教えてもらったの。すっごく美味しいケーキがあるんですって！」

「……何あれ」

　昼休み。

　学園の廊下で、ひとりの女性がクロムに絡んでいるのを見つけた私は、不快のあまり眉を寄せた。

　女性は胸の開いたドレスを着ている。金髪碧眼の可愛らしい容姿の彼女が誰か私はすでに知っていた。

　リアンノン・フーヴァル。

　フーヴァル祭で見た、オスカーの妹であり、フーヴァル王国の第一王女だ。

　王女は嬉しそうな様子でクロムに絡んでいる。その、如何にも狙っていますって的な纏わりつき方に、どんどん自分の機嫌が下がっていくのを感じた。

隣にいた彼女の兄に冷たく言う。

「……オスカー、あなたの妹が来ているようだけど？　彼女、うちの生徒だったかしら？」

リアンノン王女がフーヴァル学園の生徒でないことは知っている。

前回、外部の招待客として来ていたし、そもそも制服だって着ていない。

私の棘《とげ》のある言葉に、オスカーが参ったという感じで手を額に当てた。

「……本当に来たんだ、リアンノンの奴」

「どういうこと？」

事情を知っていそうな発言に、オスカーを見る。彼は降参するように両手を挙げ、私に言った。

「フーヴァル祭でクロムが父親のオデュッセウスと戦っただろう？　あれを見て、リアンノンは彼に惚れてしまったんだよ」

「はあ⁉」

なんだ、それ。

思わずオスカーを睨みつけると「私に言われても！」と悲鳴のような声が返ってきた。どうやら余程私は怖い顔をしていたらしい。……知るか。

「……クロムのことは昔から知っていたんだ。ほら、クロムも公爵家の出だし、なんと言ってもオデュッセウスの息子だから、私たちと会う機会はそれなりにあるというか……それは、君も分かるよね？」

「ええ、分かるわ。うちもそれは同じだもの。……で？」

こわ、という声が聞こえた気がしたが無視した。

我ながら恐ろしい顔をしている自覚はあったが、どうしようもないのだ。だって今、すぐ近くで、私の想い人が王女に口説かれているのだから。

——ああもう！　今すぐ邪魔したい！

だが、相手が王女である以上、公爵家の姫を騙《かた》っている私に言えることなど何もない。

王族の邪魔などできるはずがないのだ。

苛々していると、オスカーが「落ち着いて」と言ってきた。

「これが落ち着けると思うの⁉　クロムは私が先に目をつけていたのに！」

「わ、分かってる。分かってるから。ええと、それでね。今まで妹はクロムに興味はなかったんだよ。だけど先日、数年ぶりに成長したクロムを見て……その、理想の男を見つけたと思ってしまったらしいんだ。で、うちの妹は猪突《ちょとつ》猛進なところがあるから、すぐに行動を起こしたってわけ。惚れたって聞いたのは少し前だから、今日まで来なかったのは、学園に来る許可がなかなか下りなかったんだろうね」

「最悪！　許可なんて部外者に与えないでよ！」

「私もそう思うけど、学園長が決めたことだから」

「あのクソ男、絞める」

「ディアナ……怒る気持ちは分かるから……頼むから落ち着いてよ……」

「ああもう、苛々する！」

拳を握るも、その手が怒りでふるふると震える。

ふたりの様子を窺う。クロムは困った顔をしているようだが、強くは出られないようだ。

当たり前だ。自国の王女に酷い言葉を投げつけるわけにもいかないだろう。丁寧に丁寧に対応するしかないのだ。

「……」

ギリギリと唇を噛みしめながら、彼が王女を追い払うのを待つ。ようやく彼女を帰すことに成功したクロムが、疲れたように息を吐いた。パッと視線が合う。

クロムは途端、気まずそうな顔をした。

その表情にとんでもなく腹が立った。彼が王女に言い寄られて喜んでいないのは見れば分かるが、心が全く納得できない。理性と感情は別物とはよく言ったものだと思う。

「……」

口を開けば、間違いなく嫉妬から愚かなことを口走るだろう。そんな無様は晒したくないと思った私は、必死に口を噤んだ。

クロムがこちらにやってくる。

「ディ、ディアナ……今のは、その……俺の本意ではなくて……」

一生懸命、説明しようとするクロムに、王女に対する恋情は当たり前だが見当たらない。

なんとか自分に「嫉妬するのはお門違いだ」と言い聞かせ、怒りを呑み込み「分かっているわ」

と虚勢を張った。

妬心を殺し、平静を装い、クロムに笑いかける。

「大変ね、王女様相手じゃ、適当に追い払うこともできないもの」

私の言葉を聞き、クロムがホッとしたように息を吐いた。誤解されたかもしれないと思っていたのだろうか。それだけで少し、燃えさかっていた嫉妬の炎が治まったような気がした。

「ああ、そうなんだ。俺の何が気に入ったのか知らないが、先ほどいきなりやってきて……。殿下、その、王女殿下は一体何をお考えなのですか。正直……困るのですが」

王女にははっきり言えなくても、それなりに付き合いのあるオスカーになら、多少本音も言えるのだろう。

困り切った様子のクロムに、オスカーが申し訳なさそうに言った。

「すまない。多分、一時的に熱を上げているだけだと思うのだけれど……。あまりしつこいようなら強めに言ってくれても構わない。私から父たちには話をしておくから……」

「……分かりました」

一時のことだと言われれば、それ以上文句も言えない。クロムは頷いたが、私はそう簡単に終わらないような、そんな気がしていた。

◇◇◇

「クロム！　来ちゃった！」

――あの王女、また！

聞こえた声に、うんざりする。

突然の襲撃からひと月。未だ王女はクロムを諦めていなかった。腹立たしいことにそれこそ毎日のように彼に会うため学園に来ているのだ。

クロムの態度は素っ気ないものだったが、王女が音を上げる様子は見られない。

やがて、学園内ではとある噂がまことしやかに広まり始めた。

王女がクロムを自身の婚約者としようとしているのではないか、というものだ。

いくらクロムの方にその気がなかろうと、相手は王族。

国王に命じられてしまえば、クロムの方では拒否できない。

学園内にじわりと広がる『王女の婚約者になるのも時間の問題』という、とてもではないけれど容認できない噂は日に日に現実味を帯びてきて、私は毎日気が気でなく、何も言えない今の己の身分を恨めしく思っていた。

――私がメイルラーン帝国の皇女だと言えれば、堂々と文句だって言ってやれるのに！

もう本当にそれに尽きる。

だって先にクロムに目をつけていたのは私の方なのだ。

私が皇女だと明かせれば、後から来たくせに出張ってくるんじゃないとはっきり宣言できるのに、本当に身分というものは面倒くさい。

「うぐぐぐぐ……あの女、くっそムカック」

「ディアナ……頼むから落ち着いて……あと、さすがにその言い方は少々下品だよ」

「うるさいわね。全部あの女が悪いんじゃない！」

「……それについては返す言葉もないけど」

「ああっ！　クロムの腕に絡みついた！　ああもう！　クロムもさっさと振り払いなさいよ‼」

少し離れた場所では、王女がクロムの腕に己の腕を絡めて微笑んでいた。胸が彼の腕に当たっているがあれは多分わざとだ。

自分を意識させようとしているのだと気づき、姑息《こそく》な真似を……と血管が切れそうなほど苛立った。あまり褒められた態度ではないと分かっていたが、舌打ちが出る。

「何あれ！　フーヴァル王家では、男を落とすのにああいうやり方を推奨しているのかしら！　信じられないんだけど！」

「してない、してないから……どうどう……」

目を血走らせ、王女を睨む私をオスカーが必死に宥めようとしてくる。だが、そもそも王女を止められなかったのはオスカーだ。彼がちゃんと妹の手綱を握っていてくれれば、私が今、こんな嫌な思いをすることもなかったのにと思うと、オスカーに対する当たりもキツくなる。

「私に落ち着いて欲しかったら、妹に『二度と来るな』と言ってくれるかしら。迷惑なのよ」

「言ってるよ。クロムは迷惑しているから止めるようにと再三忠告してる。でも、あの性格だからね、聞かないんだ。リアンノンは自分の思う通りにならないことなんてないと思っているから、私の話なんて聞きやしない」

「……それ、昔のあなたみたいね。フーヴァル王家は一度、子供の躾について考え直した方が良いのではないかしら」

「う……。自覚はしてるし、否定はしないから、それ以上は止めてくれないかな。それとディアナ。君に大事な話がある。クロムのことが気になるのは分かるけど、生徒会室まで来て欲しい」

「……何よ、改まって話なんて。ここではできない話なの?」

「うん。プライベートに関わることだから」

「……」

真剣な顔でオスカーが私を見てくる。本当に大事な話があるのだと分かった私は、クロムたちの様子が気になるところではあったが、渋々彼の頼みに頷いた。

「分かったわよ」

「助かる。……オグマ、室内には私が良いと言うまで入ってくるな。ディアナ、君も護衛は遠慮させて欲しい」

護衛を同席させるなという言葉に、僅かに目を見張る。

それだけ大事な話だと気づき、頷いた。

「……フェリ、部屋の外で待っていてちょうだい」

「承知致しました」

ふたりを廊下に残したまま、オスカーと生徒会室に入る。

扉に鍵こそ掛けなかったが、本当にふたりきりだ。

ただ、当たり前だが色めいたものは何もない。オスカーは真剣な顔をしているし、私もその空気を感じ取っているからだ。

「で、話って何よ？」

時間が勿体《もったい》ない。さっさと本題に入って欲しいと話を促すと、オスカーは頷き、口を開いた。

「……父がクロムを妹の夫にと考えている」

「えっ……」

「すまない、ディアナ。私に妹は止められなかった。知らないうちに父に直談判していたようでね。自分の夫はクロムがいいと、そう言ったようなんだよ」

「……」

告げられた言葉に絶句する。

もしかしたらクロムが王女の婚約者になるかもという噂は知っていた。そのうち、実現する可能性だってあるだろうと。

だが、ここまで早いとは思わなかったのだ。

「……ずいぶんと、急な話なのね」

なんとか声を絞り出す。平静を装ったつもりだったが、僅かに声が震えてしまった。

「リアンノンが急がせたんだよ。妹は本気だ。本気でクロムを手に入れようとしているし、父もリアンノンには弱いところがあるから、気に入った男がいるのならって前向きなんだ。……信頼しているオデュッセウスの息子なら安心だというところも大きいらしい」

「最悪」

「最悪ついでにもうひとつ。父は、次の夜会でクロムをリアンノンの婚約者に指名するつもりだ。一応君には伝えておこうと思って。その、君はクロムのことが好きだろう?」

「ええ、そうね」

こちらを窺うオスカーに、静かに頷く。

だが、心の中は怒りの炎が渦巻いていた。

初めて会った時からクロムのことが特別だった。一目惚れなんてものがあるなんて思いもよらなかったけど、ひと目で恋に落ちたのだ。

そこから時間をかけて、鈍感なところもあるけれど、それを覆すほど優秀でどこまでも真っ直ぐなクロムのことを私は心から好きになっていた。

努力を怠らず、高みを目指す彼を尊敬している。

ちょっと筋トレオタクなところはあるし、戦いのことになると他のことが疎《おろそ》かになってしまう欠点はあるけれど、それすらもう、構わないと思っているのだ。

それも彼を形作るもののひとつだから。

ああ、認めよう。こんなの認めるしかないではないか。

私はもう、どうしようもなく完全にクロムに惚れきっているのだ。

気になっていた欠点を、それがどうしたと思えるようになっている時点で、すでに手遅れである。

今更彼以外の男なんて考えられない。

彼を他の女に渡すとか、許せるはずがない。

私は、本来強欲な女なのだ。

これと決めたものを他人に譲りたくなんてないし、その相手が王女であろうと噛みついてみせる。

「……」

ふうっと息をひとつ吐く。

オスカーが「ごめん」と小さく告げた。

「君がクロムのことを好きなのを知っていたのに、止められなかった。今の君ではどうすることもできないのに……」

「――別にいいわ」

「え」

申し訳なさそうに謝るオスカーを見る。

私のことをオスカーからきちんと話してくれたらいいのにとか、彼に対して色々言いたいことはあったけれど、これは私の戦いだ。私がなんとかするべきなのだ。

「謝る必要はないの。教えてくれただけでもすごく助かったし。ただ……そうね、ひとつ教えてくれる？　本当に次の夜会で、クロムは王女の婚約者に指名されてしまうのかしら」

「あ、ああ。それは確実に。その、準備も進めているみたいだから間違いないと思う。対象となる夜会は今からひと月後。王家主催の、フーヴァル城で開催される大規模なものだ」

「そう、ありがとう」

オスカーの言葉に頷き、礼を言う。

――今からひと月。

頭にその言葉を叩き込み、覚悟を決める。

今までしてきたものとは比べものにならない覚悟を。

私の顔つきが変わったことに気づいたオスカーが、名前を呼んだ。

「ディアナ、君……」

「クロムは誰にも渡さないわ。――そんなこと、この私が許すものですか」

自分に宣言するように告げる。

オスカーを見て、微笑んだ。

「ごめんなさい、オスカー。もしかしたら夜会で少し困ったことになるかもしれないけど――許してね」

それだけで私が何をするつもりなのか悟ったのだろう。彼は苦笑しつつも肯《うなず》いた。

「分かった。私の方でも多少の根回しはしておくよ。……今回の件、さすがに私もどうかと思うからね。妹もたまには痛い目に遭えばいいと思うよ。いい加減、リアンノンも自分の我が儘が全部通るなんて勘違いを正さなければならないんだ」

「そう。あなたがそう言ってくれるのなら大丈夫ね。――ええ、思いきり行くつもりだから……ふふ、覚悟しておいて」

「お手柔らかに頼むよ」

オスカーの言葉に笑みだけを返す。

相変わらず炎は胸のうちで燃えさかり、勢いを増している。

己の中にこんなに強い感情があったのかと驚きながらも私は、絶対に退くものかと決意していた。

間章　王太子は初恋を見送る

「……相変わらず、格好良いなぁ」

ポツリと呟く。

思い出すのは、先ほど決意を秘めた顔で生徒会室を去って行った私の幼馴染み、メイルラーン帝国の皇女ディアナのことだ。

自分の伴侶を探すためにわざわざ短期留学してきた彼女は、クロム・サウィンという男に目をつけた。

頭脳明晰《めいせき》。容姿端麗。普段の行動も真面目で、文句のつけどころのない公爵家の次男だ。

私も学園を卒業した暁には城に誘いをかけようと考えていたほどの男なのだけれど、どうやら彼女はその彼に一目惚れをしたようなのだ。

クロムに近づくために一生懸命、淑女を装い頑張る姿は、本来の彼女を知っているだけに健気《けなげ》だと思えたし、クロムの方もディアナを気にしているのは見ればすぐに分かった。

ずっと鍛錬や学業に専念していたせいで、恋愛事は苦手なのだろう。

彼のディアナに対する誘い文句は『手合わせをしよう』という色気の欠片もないもので、それを聞くたび、彼女ががっくりと肩を落としていたのは知っていた。

だけど私としては、彼の顔をよく見てみろとディアナに言いたかった。

何せクロムがディアナを誘う時、彼はいつも期待と不安を混ぜこぜにしたような表情をしていたから。

受けてもらえれば、心底嬉しそうに笑い、喜ぶ。正直、彼がそういう顔をするのを見たのは初めてだったから驚いた。

私から見れば十分すぎるほど分かりやすいクロムの態度。だが、彼と同じく恋愛初心者のディアナは気づかなかったし『手合わせしよう』で女性に好意を感じ取れというのは少々難易度が高いと思うから、そこは彼女を責められない。

もっと分かりやすくデートに誘うなりなんなりすれば良いのにと、互いに想い合っているのが明らかなふたりを観察していたのだけれど、ついにその時は来たようだ。

もだもだと距離を掴みかねていたふたりは、妹リアンノンの愚かな動きにより、おそらくは近いうち、恋人同士となるだろう。

そうなると分かっていたから、リアンノンには「あの男は止めておけ」と口を酸っぱくして言っていたのだけれど、妹は「私はクロムが欲しいの！」と頑固で、ついには父に婚約相手としてクロムが欲しいと言い出してしまった。

お転婆で我が儘な妹に手を焼いていた父は、相手がクロムと聞いて喜んでいたが、先ほどのディアナの様子では、彼に妹を押しつける作戦は失敗するだろう。

私としても、想い合っているふたりを、後から来て引き裂くような真似をするのはどうかと思うから、この件に関してはディアナの味方をしたいと思っている。

「殿下、宜しいですか？」

ディアナが出て行ってからしばらくして、遠慮がちに扉がノックされた。オグマの声であることを確認し、入室許可を出す。

「いいよ。入っておいで」

「失礼致します」

入室してきたオグマは、護衛らしくキョロキョロと辺りを見回し、誰もいないことを確認するとホッと息を吐いた。

「すまなかったね。ふたりにしてくれだなんて我が儘を言って」

護衛としては、気が気でなかっただろう。謝罪の言葉を紡ぐとオグマは首を横に振った。

「いいえ、彼女なら大丈夫だとは思っていました」

「ディアナは幼馴染みで、父上たちも彼女をよく知っているからね。心配するようなことにはならないよ」

次期皇帝である彼女と私を知り合わせたのは、両親だ。

大国を継ぐ者同士、仲良くなってくれればいいという意図があったのだろうが、その頃の私は自分が一番偉いのだと勘違いしているただの馬鹿で、見事に彼女を怒らせ、投げ飛ばされたのだ。

そのあと、なんとか反撃しようとしたが、ディアナは強すぎて、一矢報いることすらできなかった。

悔しくてその場を逃げるように去ったが、いくら時間が経っても、私を投げ飛ばした時の彼女の強い瞳を忘れられなかった。

……多分、私はディアナに投げ飛ばされたその時に、恋をしてしまったのだろう。

恋を自覚した私は、だけど同時に失恋したことも理解していた。

何せ私もディアナも国を継ぐ身。私は妃を、彼女は夫を得なければならない。

いくら私が彼女を望んだところで、彼女が私に嫁ぐのは不可能だし、私が彼女の夫として迎えられることも無理なのだ。

この王太子という立場が、彼女との恋を許さない。

一瞬、彼女のためなら王太子の座など投げ捨ててやると考えたが、すぐに駄目だと気がついた。

私には妹しかいない。そしてフーヴァルはメイルラーン帝国とは違い、女性の王位継承を認めてはいないのだ。

私がいなくなれば王位を継ぐ者はいなくなる。そんな無責任なことはできなかったし、その選択をしたところで、ディアナが受け入れてくれるとはとてもではないが思えなかった。

私を投げ飛ばした彼女は、私なんかよりももっと国を統べる者としての誇りを抱いているように感じたからだ。彼女に「王位は放棄するから、夫として迎えてくれ」と言ったところで、ゴミを見るような目を向けられるだけだと分かっていた。

どうしたって私は彼女には愛されない。それを理解し、しばらくはずいぶんと荒れた。

そうしてようやく落ち着きを取り戻した私は、それならせめて彼女に良い男に成長したと思われたいと考えるようになった。

この恋は成就しない。させてはいけないものだと心の底から理解した。

でもそれならせめて最初に父が望んだ通り、国を継ぐ者同士、対等な立場で友人となれたらと思ったのだ。

だが、そうなるためには尋常ではない努力が必要だ。

何せ私は、これまでの間、かなりだらけた生活を送っていた。家庭教師たちから逃げ、体術や剣術の稽古だって嫌がる始末。

……ディアナに投げ飛ばされたのも当然と言えよう。

結局私は彼女に見直してもらいたい、きちんと友人になりたいという望みのため、今までの己を捨て、王太子として正しくあるべき姿になることを選んだのだけれど、本当に恋というものは侮れない。

初恋の人に見直してもらいたい一心で、あれだけ嫌だった帝王学も剣術も体術も魔法も、全部真剣に励めるようになったのだから。

そしてついには名門フーヴァル学園に入学し、念願叶《かな》ってディアナと再会することができた。

まさか学園で再会するなんて思いもしなかったけれど、久しぶりに会った彼女は、びっくりするくらい昔と全然変わっていなかった。

あの頃の眩しい、私が好きになったディアナのまま成長し、私の前に立っていた。

恋人になりたいという気持ちが全くなくなったとは言わないが、己の想いが叶わないことは十分すぎるほど分かっている。だから当初の予定通り、なんとか彼女の友人の地位を得たいと思った。

幸いにもその願いは叶い、今ではかなり親しい友人だと言えるまでになったと思う。

こうして今のまま、友人関係を続けていければ、私たちが君主になったとしてもその友誼《ゆうぎ》は続くだろう。

良かった。私の望みは叶ったのだ。そう思うのに、真実彼女と友人であれることを喜んでいるはずなのに、彼女が私以外の男に恋をしている姿に未だダメージを受けている。

終わったはずの初恋は、時折痛みをぶり返し、忘れるなと言わんばかりに過去を思い出させてくるのだから質《たち》が悪い。思い出したところで、私の結論は変わらないのに。

彼女を手に入れることは不可能だと、王位を継ぐことが何より優先されるのだと思い切ったはずなのに。

予期せぬタイミングで心の柔らかい部分が酷く痛む。そうして彼女に好意を向けられているクロムに意地悪な気持ちを抱いてしまうのだ。

だって、羨ましい。次男である彼は家を継ぐ必要はなくて、彼女に望まれれば夫として問題なく迎えられる環境がすでに整っている。

私には逆立ちしたところで与えられないもの。

王太子と聞けば、どんな望みも思いのままと思うような者もいるだろうが、これのどこが自由なのか教えて欲しい。

好きな女性と結ばれることすら叶わないのが私の立場で、そこから逃げることもできないのだから。

ただ、好きな女性が別の男と結ばれるのを、手をこまねいて見ているだけしかできない。

良かったと笑って祝福するしか私にできることはないのだ。

「――仕方ないのだろうけどね」

「は？　殿下？」

彼女のことを思いながら呟くと、オグマが怪訝な顔で私を見てきた。

この男も、私と同じようにディアナに惚れたひとりだ。

彼の場合は、クロムに良い顔をしようとして猫を百枚くらい被っていた彼女に惚れたのだけれど、
勘違いし、ディアナに投げ飛ばされたオグマが、実は彼女の本性を知って尚《なお》、彼女に惚れ続けている。

私は知っている。

オグマはプライドが高いから己の気持ちを認められず、玉砕してからは彼女に対しツンケンした態度を取り続けていたけれど、こっそり視線が彼女を追っていたことだって気づいていた。

「……ディアナはクロムと結婚するのだろうね」

「え」

オグマがぱちくりと目を瞬かせる。そんな顔をする彼を見たのは初めてだ。

「それは、どういう……」

「お前も知っているだろう？　父上がリアンノンの我が儘を叶えようとしている話。でもそれは上手く行かないだろうねってことだよ」

「……国王命令ですよ？　上手く行かないなんてそんなことは――」

ない、と彼が口にする前に否定する。

「行かないよ。行くわけがない。彼女が許すはずないからね。そのためにに今だって出て行ったのだし。正直、クロムが羨ましいよ。ディアナに深く想ってもらえる彼が本当に羨ましい。……私が喉から手が出るほど欲しかったものだ」

「……殿下。殿下はもしかして……」

「気づかなかったかい？　私はずっとディアナのことが好きだったよ。叶わないと分かっていたけどね。それでもずっと好きだった。――お前と同じだね」

「いえ、私は……」

この期に及んでオグマが自分の気持ちを否定しようとする。頑固だなと思うも、それはそれで彼なりの意地なのかもしれないと思えば、これ以上ついてやるのも可哀想かと思った。

やるせない気持ちを抱えていると、オグマが怖ず怖ずと話しかけてくる。

「殿下、その……先ほど殿下は、彼女が王女殿下との婚約を止める、みたいなことを仰いましたが、本当にそれは可能なのですか」

オグマを見つめる。彼はディアナの正体を知らない。

単なる公爵の姪風情が、国王の意向を止められるわけがないと思っている。

本当にディアナが公爵の姪というだけならその通りだったのだろうが、実際は違うから。

そして今回は私も彼女に協力したいと思っているから、父上と妹の望みは叶わない。

あの、不器用ながらも想い合っているふたりを邪魔するような野暮な真似はしたくないのだ。

だってあまりにも格好悪い。

昔の私とは違うということを、今度こそこの完璧なる失恋をもって彼女に知らしめたいと思うのだ。

「まだ、お前には言えないけどね。――絶対に彼女は止めるよ」

確信を持って告げる。

私の言葉を聞いたオグマは目を見開いた。私が断言したことに驚いたのだろう。

「そう、ですか。なら、彼女は――」

「うん。だからさっき言った通りだよ。ディアナはクロムと結ばれるだろうね」

静かに告げる。オグマはもう一度「そうですか」と呟いたが、やがてその目からは一筋の涙が流れ出した。

「え……あれ……」

オグマが慌てて涙を拭う。だが、涙は止まることなく次々と流れ落ちていった。

ディアナを好きだと、失恋してしまったのだと認めたくない己と、心の中にいる本音を抱えた己。

彼の涙はきっと、彼女を好きと理解している心が流しているものなのだろう。

「……泣いていいよ」

オグマに近づき、彼の肩を抱き寄せる。

彼はビクリと身体を震わせ「僕は……」と何かを言いかけた。だけど言葉は続かない。きっと何を言えばいいのかも分からないのだろう。でも、私の手を振り払わないのが全ての答えを表しているような、そんな気がした。

「泣きたい時もある。実はね、私もちょっと泣きたい気分なんだ。だからお前も付き合ってくれると嬉しい」

「そういう……こと、でしたら……」

ポンポンと彼の背中を叩く。

しばらくして嗚咽《おえつ》が聞こえてきた。認められない恋心が涙を流している。その声を聞きながら、私も天を仰ぎ、ついに遠くに去ってしまった初恋を思い、泣きはせずとも静かに目を潤ませた。

第八章　次期女帝は打ち明ける

「……クロム、どこかしら」

オスカーから、クロムが王女の婚約者に指名されるという話を聞いた私は、まずはと彼を探していた。

色々やらなければならないことがある。だけど何よりも優先しなければならないのは、クロムがどう思っているのかを知ること。

それが分からない限り勝手に動くことはできない。

クロムの意思を無視して事態を動かしてしまえば、私も王女と同じ穴の狢《むじな》になってしまうと、怒りに燃え、冷静さを些《いささ》か欠いている自分でも分かっていた。

だからまずはクロムに話を聞く。

実はこの辺りですでに普段の自分なら絶対にしない行動を起こしているのだけれど、冷静ではなかった私は気づいていなかった。

クロムに直接気持ちを聞くとか、我に返ったら絶対にできないと思う。

とにかく、今の怒りに背中を押された私は、一種の無敵状態だった。一番質が悪いやつだと思う。

今はちょうど昼休みだ。先ほど廊下で王女に捕まっていたクロムは、そこからはいなくなっていた。近くにいた別の生徒に話を聞くと、なんとか王女を帰したあと、中庭の方へ行ったと聞いたので、お礼を言って足早に向かう。

中庭では何組かの生徒が購買で買ったお弁当を食べていたが、並んだベンチのひとつにクロムがひとりで座っているのを発見した。

「クロム」

「ディアナ？　どうしたんだ？」

私からクロムを探しに来るのは珍しい。彼は驚きつつも嬉しそうな顔で私を迎えてくれた。クロムに断りを入れてから、隣に座る。

前置きもなく、ズバリ、聞いた。

「ねえ、クロム。王女様と婚約するって本当？　クロムの方にその気はあるの？」

「え……」

「さっきオスカーに聞いたの。次の夜会であなたがフーヴァル国王に王女様の婚約者として指名されそうだって。あなたはそれを受け入れるつもり？」

「は？　俺が殿下の婚約者？　初耳だぞ⁉」

ギョッとしたように目を見開き立ち上がるクロムは、どう見ても嘘を吐いているようには見えない。

これでこの婚約話が当人の意思を全く無視した状態で進められているものだということが確定し

た。

家同士の結婚などこんなものだと言ってしまえば終わりだが、私からすれば最悪だ。狙っていた獲物を横から掠《かす》め取られそうになったわけなのだから。

多少、荒れた気持ちになったところで誰も私を責められないと思う。

「ふうん。知らなかったんだ。で？　それを聞いたクロムの気持ちは？　王女様と結婚するの？」

クロムの気持ちが王女にあるというのなら、私が出しゃばるのはお門違いだ。

だが、彼は王女の来訪を迷惑がっているようにしか見えなかった。彼の気持ちは王女にない。

それを彼の口からきちんと確認したかった。

でなければ、私は動けないから。

「クロム、答えて。あなた、王女様と結婚するの？」

もう一度尋ねる。誤魔化しは許さないという気持ちで彼を見つめた。ベンチから立ち上がっていた彼は私をまじまじと見つめ、理解できないという風に眉を中央に寄せる。

「さっきから君は何を言っているんだ。俺が好きなのは君だぞ？　君のことが好きなのに他の女性に気持ちを向けるほど俺は器用にできていない」

「は……？」

今、彼はなんと言ったのか。

あまりにも唐突に、自然に告げられたため、本気で言葉の意味が理解できなかった。

「えっえっ……ええっ⁉」

動揺する私を余所に、クロムはムッとした顔をしながら話し続ける。

「大体、君も見ていれば分かっただろう。俺が迷惑がっていることが。王家の方だから粗雑に扱うことはできないが、彼女が来るようになったせいで君と過ごす時間は減るし、鍛錬もできなくなるしで、何ひとついいことがない。百害あって一利なし、だ」

「そ、そう……なの」

断固として告げられた言葉に、未だ頭がまともに動いていなかった私はただ首を縦に振った。

え、いや、さっき彼はなんて……。私を好きとか……え、あれ。私は白昼夢でも見たのだろうか。

あまりも普通に会話が続けられているせいで、クロムの『好き』が幻聴の類いだったような気がしてきた。

大混乱する私に、クロムは真顔で頷いてくる。

「そうだ。そのくせ君は俺の気持ちも知らず、ずっと殿下と一緒にいて俺を遠巻きに見ているんだ。俺の方こそ聞きたい。君は殿下のことが好きなのか？　だから彼と共にいたのか？」

「ち、違うわ！　そんなわけないじゃない！　オスカーは幼馴染みってだけ。それだけよ！」

まるで浮気をしたかのように責められ、ぼうっとしていた私は慌てて言い返した。

私がオスカーを好きとか、そんな話あるわけない。

大体彼は私と同様に王位を継ぐ人間で、仲間意識は強いが、恋愛感情は皆無だ。

彼と一緒にいるのは、私の事情を全部知っていて楽だからだし、クロムが疑うようなことは何もない。

「わ、私だってクロムが好きなんだから、他を見るわけないじゃない！　オスカーは私を宥めてくれていただけよ。その……私が王女様に嫉妬してたから！」

破れかぶれで叫ぶ。

もう何がなんだかさっぱり分からない。

ただ、その中でも先ほどクロムが告げてくれた『好き』は私の中に残っていて、だからこそ、もう私も言ってしまえと思ったのだ。

幻聴なら幻聴でいい。ここで言わなければ女じゃない。

「ディアナ……」

顔を赤くしながらクロムを見ると、彼はどこか呆然とした様子で私を見つめていた。じわじわと耳が桃色に染まっていく。

「き、君は俺のことが好きなのか？」

「す、好きじゃなかったら嫉妬なんてしないわよ！　そ、それよりあなただってさっき私のことが好きって言ったけど！」

私のことよりクロムだ。とにかく幻聴か事実か確かめなければ始まらないと思った私は立ち上がり、彼に詰め寄った。

クロムは目をパチクリしながらも肯定する。

「あ、ああ。俺は君が好きだ。……気づいていただろう？」

「そ、そうなのかなとは思ってもはっきり言ってくれないと、勘違いかなって思うじゃない！　その……女性は臆病なのよ！」

フーヴァル祭の時、告白されかけたことで、さすがに彼の気持ちがこちらにあるとは察していた。だけど、百万分の一の確率で、私の勘違いかもしれないではないか。はっきり言われていない以上、勝手に舞い上がってあとでダメージを受けるのは私だ。

だからやり直しをしてくれるのをずっと待っていたのだけれど……いや、そこで待ちの体勢に入ったのは私らしくなかった。

いっそ、出たとこ勝負でいいから自分から行けば良かったかもしれない。

「と、とにかくそういうことなの！　クロムの口からちゃんと聞きたかったのよ」

誤魔化すように言うと、クロムはふっと表情を緩めた。

自然な動きで私の手を握る。温かな体温を感じ、頭が沸騰するかと思った。

「――そうか。俺としてはあの時にもう殆ど告白した気持ちだったのだが、確かに改めては言ってなかったな」

「そ、そうよ。気をつけてくれなきゃ。も、もし勘違いだったら傷つくじゃない」

「悪かった」

そう告げるクロムの顔は全然悪いと思っていなかった。甘ったるいというのがぴったり嵌《は》まる表情で笑っている。そうしてさらりと告げた。

「改めて言う。俺は君が好きだ。君と、恋人になりたいと思っている」

「ひぇ……」

あまりにもあっさりと告げられた再度の好きの言葉に、冗談抜きで息が止まるかと思った。

嬉しい気持ちがいっぱいになって抱えきれない。

天まで舞い上がってしまいそうな心地になった。

今ならきっと、空も飛べる。

ただ、嬉しいという言葉が頭の中を埋め尽くしていて、でも、それではいけないと我に返った。

告白されたのだ。きちんと応えるのが筋というもの。

私は深呼吸をひとつし、できるだけ気持ちを落ち着かせてからクロムに言った。

「わ、私も。私もクロムが、好き。あなたのことが好きなの」

改めて好きと告げるのは恥ずかしい。それでもはっきりと言葉にすると、クロムはホッとしたように笑ってくれた。

「良かった。……ディアナ、俺たちは今から恋人同士ということで、構わないな？」

「え、ええ」

確認され、頷く。

クロムと恋人……。願いに願ったことが今、現実となったのだ。

クロムが握った手を引っ張り、私の身体を引き寄せてくる。ドキドキしつつも素直に彼の腕の中に収まった。

好きな人に抱きしめられるという初めての経験に、興奮のあまり倒れるかと思った。

——は、鼻血出そう……。

なんだか甘酸っぱい良い匂いがする気がするし、クロムの体温が伝わってきてとんでもなく恥ずかしいことをしている気持ちになってくる。だけど同時に凄《すさ》まじいまでの多幸感に包まれ、陶然となった。

すっかり舞い上がってしまった私にクロムが言う。

「……こうして君と恋人になれたんだ。リアンノン殿下には俺からきちんと話す。俺には恋人がいるから諦めて欲しい、と」

「……あ」

「大丈夫だ。きっと殿下は分かって下さる」

「……」

クロムの力強い言葉を聞き、茹《ゆ》だっていた頭がすっと冷静になったのが分かった。

——違う。

クロムの方こそ分かっていない。そんな正論を述べたところで王女は引かない。当たり前の顔をして、それならその恋人と別れろと言うだけだ。

公爵家の姫とフーヴァルの王女。

どちらを娶《めと》るべきなのかは明白だろうと常識を説いてくるだけだ。王族とはそういうものだと知っている。

だって私もまた、皇族なのだから。

だけど、クロムには分からないのだ。誠心誠意、心から訴えればきっと聞き入れてもらえるはずだと信じている。

彼は次男であったため、王族や貴族のそういう汚い面をあまり見てきていないのだろう。

そんな彼を愛おしいと思うけれど、だからこそ私が守らなければと強く思う。

私はずっと為政者としてのやり方を見てきたし、学んできたのだから。

その力をもって、クロムを守る。私にしかできないことだ。

私はクロムを見上げ、決意を込めて彼に言った。

「大丈夫よ。あなたは何もしなくていい。私の方でなんとかするから」

「え？　ディアナ……君、何を言って……」

クロムが怪訝な顔をする。そんな彼に笑って言った。

「分かりやすく言うと、私も何があってもあなたを譲らないってこと。でも……ひとつ聞いていいかしら？」

「なんだ？」

ますます分からないという顔をしたクロムを見つめる。

彼には私がメイルラーン帝国の次期皇帝だと告げていない。それが父との約束だから当たり前なのだけれど、急に不安が押し寄せてきた。

もし、私が自身の正体を明かせば、彼はなんと言うだろうか。

どうして今まで黙っていたと私を詰るだろうか。皇帝の夫なんて考えられないと私から去ってしまうだろうか。

今までは、彼の気持ちをこちらに向けることに必死で、先のことまで考えられなかった。両想いになった先には、正体を明かす時間がやってくる。分かっていたけれど、そこでどう思われるかなんてまで、思い至れなかったのだ。

だけど今になって急激に恐怖が襲ってきた。

彼と恋人になったから。

手に入れることができたからこそ、不安が際限なく押し寄せてくる。

クロムは本当の私を受け入れてくれるだろうか。

婿入りなどしたくないと言っていたクロム。自分ひとりで立っていたいのだとあの時言った彼の言葉は本気だったと分かっている。

その彼が、私の誘いを受け入れてくれるだろうか。……断られはしないだろうか。

恋人になったからこそ出てきた不安に、押し潰されそうになりながらも私は口を開いた。

どうしても聞きたかった。

これだけは聞いておきたかったのだ。

「あの、あのね、もし、私が……その、嘘を、吐いていたらどうする？」

じっとクロムの目を見つめる。些細な表情の変化も見逃したくなかった。

クロムは私の真意がどこにあるのか探るような顔をしていたが、やがて肩を竦《すく》めて言った。

「言っている意味がよく分からないのだが……そうだな、逆にひとつ聞こう。その嘘は、君が吐きたくて吐いた嘘なのか？　必要もないのに君は嘘を吐いたのか？」

「ち、違うわ。そうするしかないから、吐いているだけ。その……父との約束で。ううん、でも嘘を吐いているという事実は変わらないわね。私のこと……軽蔑する？」

話せるところは話し、クロムを窺う。彼がなんと答えるのか怖かった。

沙汰を待つ気持ちでいると、クロムは「父親との約束なのか」と聞いてきた。

「ええ、その内容までは明かせないけれど」

「そうか。……確かに嘘を吐かれているというのは気分の良いものではないな。だが、約束だというのなら仕方ないだろう。約束は守るべきものだし、何より君が好んで人を騙《だま》すような女性ではないことを俺は知っている。だから――そうだな。そんな君がやむにやまれず嘘を吐いているというのなら、俺は、許す」

「え、本当に？」

まさかの言葉に、僅かに目を見開く。彼は薄く笑い、肯定した。

「ああ。その嘘が人を傷つけるようなものではなく、なおかつ、どうしようもない事情があるというのなら、責め立てる方が間違っていると思うからな。嘘なら全て断罪するべきという考えの方がおかしい」

しっかりと告げられる言葉が、彼の本心であると伝わってくる。それを感じながら私は再度聞いた。

「ほ、本当に？　どんな私でも……受け入れてくれる？」

「君の嘘がどんなものかは分からないが、君が君である限り、俺が受け入れないなんてことはないと思うぞ。気づいていないのかもしれないが、我ながら相当君に惚れ込んでいるんだ」

ははっと笑いながら告げられた言葉に、私は勢いよく返した。

「そ、それは私も同じだし！　わ、私、初めてあなたと会った時から好きだったんだから！」

「なんだ、本当に同じだな。俺も、君と初めて会った時に恋を自覚したんだ。君の意志の強い眼差しが、俺を初めての恋に突き落とした。あの時からずっと俺は君が欲しくて仕方なかった」

「嬉しい……」

ギュッとクロムにしがみつく。

彼の告げてくれる言葉が嬉しかった。

勇気を貰えたと思った。一歩を踏み出せると。

彼を失わないために、どんなことでもしてみせると心から思った。

——大丈夫。クロムは私の正体を知っても、きっと受け入れてくれる。

彼の言葉を信じよう。

不安がなくなったと言えば嘘になる。だけど、彼を信じるしか私にできることはないし、恋人を信じられなくてどうする。

昼休みの終了を告げる鐘の音が鳴る。

だけど私たちはその場から動かなかったし、動きたくないと思っていた。

間章　公爵令息は破顔する

「おめでとー！　ついに、天使ちゃんと念願の恋人に！　いやあ、長い両片想いがようやく実ったんだね。良かった、良かった」

放課後、俺はひとり寮に戻ってきていた。

あのあと、ディアナは用事があるとかで、午後の授業を欠席した。

別れる際にどこへ行くのかと聞くと「実家」と返ってきて驚いたが、どうしても帰らなければならないとのことで、気をつけてと見送った。

その側にはいつの間にか護衛がいて、ディアナは彼女と共に去って行ったのだが、できれば早く帰ってきて欲しい。

ようやく想いが通じ、恋人になることができたのだ。ふたりでしたいことはいくらでもある。

そうしてやってきた放課後、ディアナがいないのに生徒会室に行っても仕方ないと思った俺は、さっさと寮に戻ってきたのだけれど、先に談話室で寛いでいたブランに捕まり、先ほどの台詞を言われたというわけだった。

「……何故、知っている」

楽しそうにパチパチと拍手するブランを睨む。

彼にはディアナのことで色々協力してもらっていたから秘密にするつもりはなかったが、報告する前に言われるとは思わなかった。

ブランはにやりと笑い「中庭は目立つからね〜」と言った。

「昼休み、白昼堂々中庭で抱き合っているカップル。一体誰かと思えば、クロムと天使ちゃんだっていうんだからびっくりだよね〜。あ、ちなみに俺、クロムたちが盛り上がっていた時、わりと近くにいたの。護衛のフェリちゃんもいてね。邪魔するのも悪いから、遠目から観察するだけに留めてあげたんだ」

「……見ていたのか」

ディアナの護衛にまで遠慮されていたらしいと知り、複雑な気持ちになる。

いや、護衛として来ているのだから、どんな時でも主人の近くにいるのは当たり前だ。それが、主人のラブシーンであったとしても。……いや、本当にそうなのか？　そういう時くらいは見ないようにしてくれるのが最低限のマナーではないのか？

複雑怪奇な顔をしだした俺を見たブランが笑う。思い出したように言った。

「あ、俺たちだけじゃないから。二階や三階の窓からも生徒たちが覗《のぞ》いていたから、クロムたちがカップルになったのは最早皆が知ってると言っても過言ではないと思うよ」

「……」

「いいんじゃない？　王女様の噂もあったし。払拭できたのは間違いないと思うよ。あ、王女様はどうするつもり？　クロムに恋人ができたところで引いてくれるとは思えないけど」

「そんなことはないだろう。誠心誠意伝えれば分かって下さるはずだ」

きっぱりと告げる。だがブランは首を横に振った。ついでにチッチッと人差し指も振る。

「甘い、甘いよ、クロム。砂糖をスプーン五杯入れた紅茶よりも甘い。君は次男だからあまり分かっていないのかもしれないけど、王侯貴族の結婚って常識が通用するようなものじゃないんだ。『恋人がいるの？　じゃあその恋人と別れてくれるかしら』くらいは言われるものと覚悟した方がいいよ」

「嘘だろう？」

そんなこと常識的にあり得ない。

大切に想っている恋人がいて、だから想いには応えられない。そう伝えれば、引くのが当然ではないか。

だがブランは俺の言葉に頷かなかった。真っ直ぐに俺を見て言う。

「賭けてもいい。絶対に王女様は引かないよ。クロム、気づいた時には王女様の婚約者になっていて、天使ちゃんと別れることを約束させられていた――なんてことにならないようにね。これは忠告だよ」

「わ、分かった」

真剣な顔で告げられ、冗談で言っているわけではないと気づいた俺は半信半疑ながらも頷いた。

「うん。本当に気をつけて。俺は、クロムが好きな子と恋人同士になれたことを喜ばしく思っているんだ。このままふたりが上手く行ってくれたらって思ってる。だから、こんなところで変な横やりは入れられたくないんだよ」

いつになく真面目な口調で告げるブラン。その彼の言葉が真実だったと知るのは、僅か数週間後のことだった。

◇◇◇

「……何故、俺が」

「ね、だから言ったでしょう？　こうなるって」

夜会服に身を包み、見上げるのはフーヴァルの王城だ。

心境は非常に複雑だ。こんなところに来たくはなかった。だけどこの夜会に出席するのは義務だと言われてしまえば断れなくて、億劫《おっくう》な気持ちがため息となって零れてしまう。

「はあ……」

「気持ちは分かるけどさ。でも、俺も来てあげたんだから、ね」

ブランが慰めるように肩を叩く。それに力なく頷いた。

ブランから忠告を受けたあと——俺は懲りもせず学園にやってきた王女に、ディアナとのことを告げた。恋人がいるから、あなたの想いには応えられないとはっきり告げたのだ。

だが返ってきたのはまさにブランが告げた通りの言葉で。

「じゃあ、その恋人とは別れてね。次の夜会でお父様があなたを私の婚約者に指名するんだもの。その時、他に恋人がいます～じゃ、格好がつかないわ」

「待って下さい！　俺の方にその気は――」

「それが何？　あなた、国王であるお父様の意向に逆らうの？」

「っ！」

冷たい目で見つめられ、固まった。

フーヴァル国王に逆らう気などあるわけがない。だが、それとディアナのことは別問題のはずだ。必死に王女に説明するも相手にしてもらえず、実家の公爵家からも招待状が届いていると言われれば断れない。結果、情けなくも今に至っているというわけだった。

せめてディアナに現状を報告したいと思うものの、彼女は国に帰っていて、まだこちらに戻っていない。

王女と婚約する気など露ほどもないが、恋人となったばかりのディアナに誤解されたらと思うとどうしようもなく怖かった。裏切ったと思われないだろうか。いや、今日の席できちんと国王に説明し、断れば問題はないはずだ。

王女にいくら言っても埒《らち》が明かない現状を打破するべく、俺は直接国王に事情を説明しようと考えていた。

フーヴァル国王は聡明《そうめい》な方だ。王女とは違い、俺の意思を尊重してくれる。そう信じていた。

「……絶対に、王女との婚約は断ってみせる」

「俺もそうなって欲しいけどさ。もしもの時のことも考えときなよ？」

不吉なことを言うブランを睨む。もしもなんて考えたくもないのだ。

俺はディアナと恋人になった。ならば、俺の心はディアナだけに捧《ささ》げるべきだし、俺もそうしたいと思っている。

王女と婚約などとんでもない。

結婚するのなら王女とではなくディアナと。

彼女以外考えられない。

そう自然に思い、そこで初めて俺は彼女を自分の結婚相手として見ていることに気がついた。

――あ。

今の今まで結婚になんて興味なかったのに。

伴侶なんて必要ない。そんな者がいなくても俺はやっていける。そう信じていたし、そのために邁進《まいしん》してきたというのに。

いつの間にか俺は自然と彼女を己の結婚相手として見ていたのだ。

彼女となら共に歩んでいけると思える。ディアナとなら、結婚という契約をしても構わ――いや、是非にしたいと思う。

結婚とは彼女が俺だけのものになるという契約。それを彼女が受け入れてくれるのなら、そして共に暮らし、将来俺の子を産んでくれるというのなら、それはなんという幸せだろう。

きっと俺は家族を守るために一生懸命働けるし、どんな仕事でもこなしてみせると断言できる。

でも――とそこまで考えて気がついた。

俺はディアナのことを何も知らないのだ。

彼女自身のことは知っている。性格や好みなど、そういう内面については互いにかなり詳しいと言い切れる。だが、彼女の家のことは？

俺が知っているのはソーラス公爵の姪ということだけだ。彼女が一人っ子なのか、兄弟がいるのか、どういう立場の人間なのか、はっきりしたことを俺は何も知らなかった。

どうして聞かなかったのかと言われれば、必要なかったからだ。

ディアナに惚れてはいたが、俺は将来など考えていなかった。だから普通なら気になるはずの『家』について、何も疑問に思わなかったのだ。

幼馴染みである殿下は当然のこと、父もディアナのことを知っているようだった。

その時は何も思わなかったのに、今更自分だけが彼女を知らないことに気づき、悔しくなる。

彼女はどこの誰で、どういう立場なのか。

兄弟はいるのか。いないのなら、彼女は婿を取るのか。婿を取るのなら喜んで行くから是非教えて欲しい。

兄弟がいるならいるで構わない。予定通りフーヴァル軍で戦功を立て、出世し、ディアナを飢えさせないだけの稼ぎを手に入れてみせる。だから俺と――。

そこまでひと息に考え、苦笑した。

――ああ、俺は本当にディアナが好きだったんだな。

彼女がどんな立場であっても結婚したいと思えるなんて、そこまで彼女を欲しいと思っていたなんて気づきもしなかった。

――相当君に惚れ込んでいる。

そんな言葉では片付けられないほどに、ディアナだけが特別だった。

そしてそれに気づいてしまえば、もう目を逸らすことはできなくて。

「……俺はディアナ以外とは結婚しない」

決意を込めて言うと、ブランは「なんか今更腹を括《くく》った感じ？」と呆れたように呟いた。

◇◇◇

王城の大広間で開かれた夜会はとても華やかなものだった。宮廷楽団が演奏をし、国の主要人物たちがほぼ全員参加している。

大広間は金色に輝いており、まるで別世界に迷い込んだのではないかと思うほどに美しい。

令嬢たちは色とりどりのドレスに身を包み、パートナーと楽しげに踊っている。

会場には父もいて、難しい顔をしつつも壇上で玉座に腰掛けている国王の側に立っていた。

オスカー殿下もいる。あとは、今日ここに来る羽目になった原因である王女もいたが、挨拶だけしてさっさと引き上げてきた。

王女は一緒にいたがったが、これ以上誤解されるのはごめんだ。殿下も「妹はこっちで見ておくから行っていいよ」と言ってくれたので正直助かったと思っている。

でなければきっと逃げられなかっただろうと思うから。

「……こういうのはいつまで経っても慣れないな」

一通り挨拶を終えてから、壁に背中を預け、ため息を吐いた。ブランが侍従から受け取ったワインを差し出してくる。

「ほら、飲みなよ。本番はこれからだ。気合いを入れなきゃ、だろう？」

「分かっているが」

ワインを受け取り、軽く口をつける。ほどよい酒精が喉を焼いていった。

王女と話しても埒が明かないから、国王と直接話す機会と時間が欲しい。だが、そんなチャンスがそう簡単に訪れるはずもなかった。

ただ焦れるだけの時間が続いている。

今回の結婚話に関しては、父からも打診があった。嫌だとはっきり答えたが「それはお前の自由になることではない」と難しい顔をして言われてしまった。

父はディアナのことを知っているから味方をしてくれると思っていたのに、まさかそう返ってくるとは想像もしていなくて驚いた。

「私は、お前の父親である前に、フーヴァル王国に仕える騎士なのだ」

父の厳しい言葉に俺は何も言い返せず引き下がりはしたが、もちろん諦めてなどいない。

俺はディアナとしか結婚したくないのだ。

自分の気持ちがはっきり見えてしまえば、その他の選択肢など選べるはずもなくて、たとえ殺されようと自分の意志を貫いてみせると決意していた。

「皆の者、ここでひとつ発表がある」

機を窺っていると、国王がおもむろに声を上げた。

宮廷楽団が音楽を止める。皆も話をするのを止め、国王に注目した。

国王が王女に向かって手招きする。まさか今言うのかと思うも、止められるはずもない。

ただ唇を噛みしめ、今から起きることをただ見ていなければならない。それがどうしようもなく辛かった。

国王は笑顔で口を開き、皆を見回しながら告げた。

「長年、懸念していた我が娘、王女リアンノンの婚約者をついに決めた。私は、娘の婚約者として、サウィン公爵家の次男、クロム・サウィンを指名しようと思う」

「っ！」

はっきり名前を出され、顔色が変わる。

皆が笑顔で拍手を始める。俺が壁際にいることに気づいた彼らは視線を向け「おめでとう」と口々に言った。

何がおめでとう、だ。俺の意思を無視した指名のくせに。

俺は嫌だと言ったではないか。父にも王女本人にも。それなのに国王は俺を娘の相手に指名するのか。

沸々と怒りが湧いてくる。

国王が俺に向かって「壇上へ」と告げてくる。

こちらの意思を踏みにじるやり方に腹立たしい気持ちばかりが募っていくが、ようやく訪れた直接話せるチャンスでもある。

ここできっちり、王女と婚約する意思がないことを告げるのだ。

俺が好きなのはディアナだけだと、だから王女とは結婚できないのだとそう――。

「その婚約、少し待っていただけるかしら」

大広間に、突然、女性の声が響いた。

よく通る、凛《りん》とした声。その声の主を俺はよく知っていた。

――ディアナ？　どうしてここに。

ソーラス公爵の姪ではあっても、彼女はこの国の人間ではない。そんな彼女がどうしてほぼ国内貴族で固められたこの夜会に来ることができたのか。

――招待されていたのか？

いや、そもそもディアナは実家に帰っていたのではなかったのか。

混乱が収まらない。それでも愛しい人の姿をひと目見たいと、視線が彼女を探してしまう。

「あ――」

大広間の入り口。そこに彼女は立っていた。

だけど俺の知っている姿ではない。

茶色だった髪は銀色に、青い瞳は赤へと変貌していた。

身体の線を強調する赤いドレスがよく似合っている。その傍らには驚くほど大きな狼がいて、彼女に従うように侍《はべ》っていた。

青みの混じった銀色の体色をした狼。眼光は鋭く、その身体からは信じられないほどの魔力が滲み出ている。濃い魔力を帯びた銀色の狼。そんな存在を俺はひとつしか知らなかった。

——上級精霊フェンリル。

メイルラーン帝国の代々の皇帝が契約しているという、上級精霊だ。フェンリルは時の皇帝に従い、その莫大《ばくだい》な力で帝国を守ると言われている。

実際目の当たりにしたフェンリルは、恐ろしいほどの力を持っている。彼が一声吠《ほ》えるだけで、おそらくこの城は吹き飛ぶのではないか。それほどの力を俺はフェンリルから感じていた。

だが、どうして。

どうしてディアナがフェンリルを連れている。

どうして彼女は銀色の髪を靡《なび》かせ、赤い瞳でそこに立っているのか。

全てを繋ぎ合わせれば答えは自《おの》ずと知れてくるのに、頭が理解することを頑《かたく》なに拒否する。

「ディア……」

「おめでたい話の途中に申し訳ありません。でも、こちらも緊急だったものですから。それに招待状なら持っています。これはそちらにいるオスカー王子からいただいたもの。不審があるのなら、どうぞご確認下さい」

彼女はそう言って、夜会の招待状を皆に見せつけた。

話の流れが見えず、思わず殿下を見ると、彼は何故だか苦笑している。

会場中の視線がディアナに釘付けになっている。彼女がなんのためにここに来たのか、その従えているようにしか見えないフェンリルとの関係はなんなのか。

説明を求め、皆が彼女に注目していた。

そんな中彼女は優雅に微笑み、自分を見つめる皆に向かって口を開いた。

「一応、自己紹介をさせてもらうわね。私は、ディアナ・メイルラーン。メイルラーン帝国の次期皇帝と言えば分かるかしら。ここにいるのは現皇帝の父から先日譲り受けた、帝国の守り神でもある上級精霊のフェンリルよ。この子がこうして私と共にいるのだもの。私をニセモノだと疑うような愚かな人たちはいないわよね？」

会場の空気が、まるで動揺したように揺れた。皆の驚きが空気に伝わったのだろう。

だけど俺は驚かなかった。

どちらかというと、腑に落ちた気持ちになっていた。

だってメイルラーン帝国には現在皇女がひとりしかいない。そしてその皇女は銀色の髪と赤い瞳を持つ、とても美しい容姿を誇る女性だと、一般常識として知っていたからだ。

――そうか。ディアナは、メイルラーン帝国の皇女だったのか。

想いを通じ合わせた時、彼女は俺に「嘘を吐いていたらどうする？」ととても悲しそうな声で聞いてきた。

きっとそれはこのことだったのだろう。

正体を隠し、フーヴァル学園に通っていること。それを俺に言えないことに彼女は強い罪悪感を抱いていたのだ。

そんなこと気にしてくれなくていいのに。

皇女という身分なら、色々と制約も多いだろう。わざわざ短期留学をしてきたくらいだ。隠さねばならない事情があるのは当然だし、警備の面でも身分を隠すのは妥当だと思えた。

――俺はそんなこと、気にしない。

ディアナがどこの誰だって構わない。彼女が彼女でさえあれば俺はそれで構わないのだ。そういう意味を込めて彼女を見つめる。だが彼女は真っ直ぐに国王と王女を見ていた。

「突然申し訳ありません、フーヴァル国王。この件に関しましてはあとで正式に国から謝罪を入れますので、どうか今は緊急ということでお許し願います」

優雅にお辞儀をするディアナに、国王は頷いた。

「確かに驚きはしましたが、息子から招待状を得ているという話ですし、緊急の案件があるとのこと。こちらから苦情を入れることはしませんので。謝罪も必要ありません」

「寛大なお心、感謝致します」

「して、その緊急の案件とは？」

国王が真剣な顔でディアナに尋ねる。彼女も真っ直ぐに国王を見つめ、口を開いた。

「今夜、フーヴァル国王があろうことか、私の恋人を王女の相手として婚約指名する、なんて話を聞いたのですわ」

「えっ……」

国王と王女がギョッとした顔をした。彼らの視線が俺に向く。

ディアナが俺の方に向かってゆっくりと歩いてくる。人々は慌てて道を譲り、彼女は堂々と俺の前まで闊歩してきた。

目の前に立ち、小さな声で言う。

「――ごめんなさい。言えなくて」

罪悪感に彩られた声に、俺は首を横に振った。本当にディアナが気にする必要なんてない。

「いいんだ。何か事情があったのだろう？」

「父と魔法契約を結んでいて。……でも、もう大丈夫。契約を解除してもらってきたの。だから、堂々と戦える。あなたは私のものだもの。誰がフーヴァルの王女なんかに渡すものですか」

爛々《らんらん》と目を光らせ告げるディアナに、こんな時に馬鹿だとは分かっていたが見惚れてしまった。

美しい見た目を裏切る強者の目。彼女の強い光に焦がれてしまう。

ああ、俺は彼女のことが好きだと強く思った。

「……どんな見た目でも立場でも関係ない。俺は君を愛してる」

想いのままを告げる。彼女は目を丸くして文句を言った。

「……どうしてこんなところで言うのよ」

「言いたかったからだ。駄目だったか？」

「駄目ではないけど……いいえ、そう言ってもらえたらもう百人力だわ。待っていて。絶対にあの王女なんかにあなたを渡したりしないんだから」

ディアナが国王に向き直る。ふと国王の隣に立っていた父の様子が違うことに気がついた。父は苦笑していて、ああ、彼女の正体を知っていたのだなとすぐに分かった。

「もうお分かりいただけたかと思いますが、横やりを入れてきたのはそちらの方です。……ええ、婚約指名なんてさせるものですか。この人とは私が結婚するんだから」

結婚という言葉にハッとする。国王が確認するように言った。

「なるほど、あなたの言葉が正しいのなら、確かに横やりを入れたのは私たちということになりますね」

「私は嘘を言っていません。だって私たちは彼女が学園に来るようになる前から交流していたのですもの」

堂々と告げる彼女に、国王が頷く。

「確かにそちらの国から、あなたが留学している旨は聞いていました。情けないことに今回の件とは繋げられませんでしたが……。分かりました、どうやら理はそちらにあるようです。……リアンノン。クロムのことは諦めなさい。お前の望みを叶えてやりたかったが、メイルラーン帝国の皇女が先に目をつけていたというのなら、仕方ない」

「な、なんでよ。お父様！　なんで私が諦めないといけないの？」

自分の父親があっさりと諦めろと言い出したことが信じられないのだろう。

王女は父親に食ってかかった。そんな娘を国王が宥める。

「相手がメイルラーン帝国の皇女でなければ、私もお前の味方をしてやれたのだがね。同格の国とはいえ、私はこんなところでメイルラーン帝国の次期皇帝の恨みを買いたくないのだよ。帝国とは今後も友好的な関係でありたいと思っている。そのためにクロムを譲らなければならないのなら、私はそうするというだけだ」

理《ことわり》を説く父親に王女が信じられないと柳眉を逆立てる。

「そんな……そんなこと、許されるの？」

「何を言っているのかしら。あなただって、クロムに同じことをしたくせに。オスカーから聞いているわよ。クロムは私と付き合っているからあなたとは結婚できないと言ったのでしょう？　それなのにあなたはあっさりと『相手と別れてくれればいい』と返したそうじゃない。そんなあなたと私、どちらが悪いと言うのかしらね」

「それ……は」

ディアナの強烈な指摘にリアンノンの視線が宙を彷徨《さまよ》う。ディアナが託宣のように告げた。

「私は私のものを掠め取ろうとする者を許さない。クロムは私の男よ。……でも、そうね、どうしても彼が欲しいと言うのなら、姑息な手段を使わず、正々堂々正面切ってかかってきなさい。そうしたら二度とふざけた思いを抱かないよう、私直々に伸してあげるから」

「は……」

ディアナが艶然と微笑む。気圧されたように王女がぺたんとその場に座り込んだ。

まるで蛇に睨まれた蛙《かえる》のようだ。どちらが勝者で強者なのか、この会場にいた誰もが理解した瞬間だった。

決着はついたと見なしたのか国王が頷き、父を見た。

「全く。そういうことなら教えておいて欲しかったぞ。どうせお前は知っていたのだろう。飄々《ひょうひょう》としおってからに」

恨みがましげに言う国王に、父はしれっと答えた。

「はい、知っておりました。ですが、リアンノン王女に痛い目を見てもらう絶好の機会かと思いまして。何せ最近の王女殿下は少々我が儘が過ぎましたからな。自分の思い通りにならないこともあると、これで多少の反省を促せることができればしめたものかと」

「……お前、いや、確かにリアンノンの我が儘には私も手を焼いていたが……」

国王が懊悩《おうのう》に満ちた顔で息を吐き、次に視線を俺に向けた。

「クロム・サウィン」

「は、はい」

名前を呼ばれ、反射で返事をする。国王は静かに俺に問いかけてきた。

「お前が、ディアナ皇女と恋仲であるというのは事実なのか？　お前はメイルラーン帝国の次期皇帝の夫に迎えられる意思があるのか？」

国王の質問に、何故かディアナがビクリと肩を震わせた。

おそらく俺が彼女の夫という地位を、結婚を嫌がると思っているのだろう。だから俺がどう答えるか不安なのだ。

今の今まで自信満々だった彼女が見せる不安。それがどうにも可愛らしく思えて仕方ない。

「大丈夫だ、ディアナ」

小さくディアナに告げる。彼女がハッとしたようにこちらを見た。応えるように頷く。

大丈夫、心配しなくてもいい。俺はディアナが相手であるのならば、どんな立場でも受け入れる用意がある。

だから俺は真っ直ぐに国王に向かい、この場にいる全員に聞こえるように言った。

「はい、陛下。俺はディアナを愛していますので、彼女と結婚したいと思います」

「クロム……！」

はっきりと告げると、ディアナは目を潤ませた。

こちらに駆け寄り、俺の上着の袖を摑みながら言う。

「い、いいの？　本当に？　わ、私は皇帝になるのに？　婿入りなんてしたくないって、クロム、前に言っていたじゃない」

「それはそうだが、好きな女性が相手なら話は別だ。当たり前だろう。愛する女性――君とならどんな条件だろうが一緒になりたいと思う」

「ほ、本当に？」

「ああ、俺を貰ってくれるのだろう？」

今更、要らないと言われたって困る。そう思いながらディアナに問いかけると、彼女は何度も頷いた。

「貰う。貰うに決まってるわ。……やっぱりあげないって言われても返さないからね」

彼女の目から涙が零れ落ちる。

見慣れないはずの赤い瞳にはすでに違和感を覚えない。多分、こちらが彼女本来の色だからだろう。煌《きら》めく銀糸の髪もそうだが、妙にしっくりと嵌まる。

結局俺は、ディアナであればなんでも構わないのだ。俺が最初に惚れたのは彼女の強い目の光。それは目の色が変化しようが、変わるものではない。彼女を彼女たらしめているものだからだ。

ディアナのことを愛しいと心から思った。

彼女の身体を引き寄せ、抱きしめる。ここがどこかなんてすっかり頭から抜け落ちていた。

俺はディアナしか目に入っていなくて、彼女も俺しか見ていなくて、それだけで十分だったのだ。

ディアナから嬉しい、と小さく聞こえ、自然と頬が緩むのが分かる。

「嬉しいのは俺の方だ。愛してる、ディアナ。俺をどこへなりと連れて行ってくれ。君のいる場所が俺の生きる場所だ」

昂る気持ちに背中を押されるように告げる。ディアナの涙を指で掬《すく》い取った。彼女は擽《くすぐ》ったそうに笑い、そのせいでまた新たな涙が零れ落ちてしまった。それを――ああ、とても美しいと思う。

誘われるように顔を近づける。不思議そうに俺を見ていたディアナが、何かに気づいたようにパチパチと目を瞬かせ――そのまま目を閉じた。

知らぬ間に浮かべていた笑みが深くなる。

ディアナからの無言の許しを受け取った俺は、艶やかな唇にそっと口づけた。

柔らかく甘やかな感触に全身が痺《しび》れる。身体中に幸福が広がったような心地になった。

ディアナが目を開け、俺を見て笑う。

「私も、クロムを愛してる。私が夫にと望むのはあなただけよ」

幸福に満ちた笑みを向けてくるディアナが愛おしい。

俺は頷き、一番言わなくてはいけない言葉を口にした。

「ああ、俺もだ。——結婚しよう、ディアナ」

彼女に向けての求婚。

先ほどから結婚について話していたけれど、考えてみれば俺からディアナに申し込みはしていない。

別にこのままでも良いのかもしれないけれど、なんとなくそれでは嫌だと思ったのだ。

俺の口からはっきりと言わなくては。

俺の意思がここにあると彼女にきちんと分かってもらうためにも。

じっとディアナを見つめる。彼女の目が驚いたように見開かれ、やがてそれは涙で潤んだ。ディアナは誤魔化すように目を瞬かせ、顔をくしゃくしゃにして笑う。

その顔は今まで見たどんな彼女の表情よりも綺麗で、俺は胸が締めつけられるような幸福感を覚えていた。

「——はい」

噛みしめるようにディアナが俺の求婚に返事をしてくれる。その言葉を聞き、彼女を抱き上げた。

ディアナは俺の行動に驚いた顔をしたが、すぐに嬉しげに表情を綻ばせた。

「クロム、私、幸せだわ」

「ああ、俺もだ」

ディアナが笑ってくれるのなら、俺も幸せだ。

静まり返っていた夜会会場に、祝福の拍手が湧き起こる。

俺と王女の婚約指名のためだったはずの夜会は、いつの間にか、メイルラーン帝国の次期皇帝と俺の婚約披露の場へと変わっていた。

間章　王太子は祝福する

「リアンノン、大丈夫かい？」

夜会会場の空気が落ち着いたのを確認してから、まだ床にへたり込んでいる妹の側へと向かった。

そうなるだろうと思ってはいたが、予想通り、場はディアナとクロムを祝福するムードへと変化している。

元々この話はそう難しいものではなかったのだ。

何せ、ディアナとクロムはお互いに想い合っていたから。

だがディアナが己の身分を明かせない魔法契約を結んでいたことで、ここまで拗れてしまった。

契約を結ばせたディアナの父――現皇帝の気持ちは分からなくもないけれど。

ディアナがそんな男を選ぶとは思わないが、それでも次期皇帝と聞けば、取り入ろうとする者は多いだろう。夫となる男には娘自身を見てくれる者を迎えたい――。現皇帝は娘思いだと聞いているから、多分、そういう意図で魔法契約を彼女に持ちかけたのだと思う。

彼女はその契約を破棄してもらうために帝国へ帰っていたのだが、なんとか間に合ってくれて本当に良かった。

彼女の正体を知っているのは私とオデュッセウスだけだったから、正直冷や汗ものだったのだ。

父は彼女が留学していることを知っていたはずなのだがどうやら忘れていたようだし、クロムの相手がディアナだということにも思い至れていなかった。

これはいけないと慌てて彼女のことを父とリアンノンに教えようとしたが、そこで思いとどまった。これは良い機会だと思ったのだ。ディアナにも、誰にも自分のことは言うなと言われていたし、約束を守っているのだから言わなくても構わないだろうと判断した。彼女には少し悪いなと思ったけど。

私はオデュッセウスと共謀し、リアンノンに少々痛い目を見てもらうことを決めた。

妹を見ていると、過去の愚かな自分を思い出して目を逸らしたくなる。

私はディアナと会えたから、自分を見つめ直す切っ掛けを貰えたから、今の妹のようにならずに済んだ。

妹にもそろそろまともな王女になって欲しい。

自儘なだけの、王族としての責任も果たせないような女性であって欲しくはないのだ。

そういうわけで、私とオデュッセウスの意見は一致した。

父は……気づかなかったのは自分の責任なのだから、放っておこう。

気づいて自身で実情を調べ、婚約指名の夜会を中止するなら、それはそれでいいと思うからだ。

気づかなかった場合は予定通りディアナに妹を懲らしめてもらって……そう考えていたのだけれど、結果はご覧の通りだ。

父はディアナが乗り込んでくるまでクロムの相手が彼女だと気づきもしなかったし、妹は思った通り見事にディアナにやり込められた。

未だ呆然としている妹の肩を軽く叩く。ようやく妹がノロノロとした動きでこちらを見た。

「お兄様……」

「だからクロムは止めておけって言っただろう？　ふたりは想い合っているんだ。お前が入る隙なんてどこにもないよ」

ディアナたちを見る。

周囲に祝福された彼らは幸せそうに笑っていた。あの顔を見れば、誰が邪魔者なのかは火を見るより明らかだ。

「お前は振られたんだ。……でも、これで分かっただろう？　全部が全部お前の思い通りにいくわけではないってことが。お前は王女だからと自由にやりすぎた。これに懲りたら少しは――」

「素敵……」

「は？」

突然、意味の分からないことを言い出した妹を凝視する。

――素敵？　妹は一体なんの話をしているのだ？

「リアンノン？」

「ディアナ皇女ってあんなに素敵な方だったのね、お兄様。さっき、私に宣戦布告してきたディアナ皇女……ううん、お姉様が本当に格好良くって……クロムなんて一瞬でどうでもよくなったわ。

ねえ、お兄様。どうすればいい？　私、お姉様と仲良くなりたいの」

「え……」

「大広間に堂々と乗り込んでこられたお姉様、ほんっとうに素敵だったわ。自分の恋人を取り返しに来るなんて、まるで小説のヒーローみたい……ううん、小説のヒーローより格好良かったし、まるで王子様のようだったわ」

「えええ……」

「お姉様のこと、知っていたのなら教えて下されば良かったのに。はあ……外見も素敵だけど、内面まで格好良いなんて、あんな方本当にいるのね。もう、他の人が皆、お姉様を輝かせるためだけに存在する有象無象のようにしか見えないわ」

「……」

うっとりと呟く妹にドン引きした。まさかこんな結果になるとは思ってもいなかったのだ。

確かにディアナは格好良い女性だし、私も彼女に投げ飛ばされて目が覚めたから妹の言いたいことは分からなくもないが——もしかしなくても、フーヴァル（うち）の家系はディアナのようなタイプに弱いのだろうか。

でも——。

熱い眼差しでディアナを見つめている妹を見て確信する。

多分、妹はやり直せるだろう。ディアナに自分を見て欲しい一心で、心を入れ替えるはずだ。

今のままの妹では、ディアナは相手にすらしてくれないだろうから。

「……結局、私もリアンノンもディアナに救われたってわけか」

昔から今も強くあり続ける彼女。

そんな彼女に誰もが憧れる。

彼女は国ではモテなかったらしいと聞いているが、多分、実情は違うのだろう。

ディアナに振られた男たちが、今は彼女に恋い焦がれていると聞いても、そうだろうなとしか思えない。

彼女は素敵な人だから。

だけどディアナはもう相手を決めてしまった。いくら彼女に秋波を送ろうが、その事実は変わらない。

——残念だったね。彼女は別の男のものになってしまったよ。

それは、私にも言えることなのだけれど。

幸いにも、胸に痛みは覚えないから。

離れた場所ではオグマがなんとも言えない顔をしていたが、それでもふたりに向かって拍手している。

少し前まではかなりボロボロだったが、なんとか祝福できるレベルにまで気持ちを回復させることができたのだろう。

彼は強い男だ。このままディアナのことを思い出にし、立ち直ってくれると信じている。

幸せそうに笑うふたりを眩しい気持ちで見つめた。

たくさんの男たちがディアナに手を伸ばす中、彼女が選んだのはクロムだった。
そしてクロムが良い男だということを私はよく知っている。
彼にならば彼女を任せられると思っている。
「どうか、幸せに」
さようなら、私の初恋。
衆人環視の中、口づけを交わすふたりに私もまた心からの拍手を送る。
それは別に強がりでもなんでもなく。
今の私は友人が幸せになれたことを素直に祝福したいと、そう思えるのだ。

第九章　次期女帝と公爵令息は結ばれる

メイルラーン帝国に帰り、真っ先に父に会いに行った私は、絶対にクロムを連れて帰ってくるから魔法契約を解除して欲しいと直談判を行った。

経緯を説明し、なんとか契約を解除してもらって速攻で帰ってきたが、それは恐ろしいことに夜会当日。

時間のない中、準備を急ぎ、オスカーの手引きで夜会会場に乗り込んだ。

元々オスカーとは情報交換をしていたので、クロムの置かれている状況は分かっている。

フーヴァル国王はクロムの相手が私と気づいていないようで、王女との婚約を進める気満々のようだ。どうしてそれを国王に言わないのかとオスカーを恨みはしたが、自分の恋人なのだ。己の手で取り返すのが当然と思い直し、戦いに挑んだのだけど。

幸いなことに国王は話の分からない人ではなく、こちらが先だったのだと道理を説けば、すぐに頷いてくれた。

私の正体を知ったクロムにどう思われるかも実はかなり心配だったが、それも思った以上にあっさりと受け入れられ、肩透かしじゃないかと思いつつも、泣いてしまうほどには嬉しかった。

そうして夜会を騒がせたことを改めて謝罪し、クロムを連れて会場から出てきた私たちは、城にある客室へと場所を移していた。

……いや、最初は馬車に乗って帰るつもりだったのだ。だが、迷惑をかけたお詫びにせめて一泊していって欲しいと国王と拳聖に言われ、断れなかった。

こちらも盛大に夜会を邪魔した自覚はある。

これで手打ちにしようという意図を言外から感じ取ってしまえば頷くより他はなく、おそらく王族用と思われる客室にあれよあれよという間に案内されてしまった。

「……」

贅の限りを尽くした客室は広く、一間だけだというのに大きなベッドがあってもかなりの余裕がある。

とりあえず、近くにあったソファに座る。クロムを見てみれば、彼は一緒に部屋までついてきた私の契約召喚獣、フェンリルに目を輝かせていた。

まあ、分かる。

クロムだもの。師匠のジンにも興味津々だったことを思い出せば、こうなるのも当然と思えた。

フェンリルの毛並みはキラキラとしていて、クロムはそれにもうっとりとしていた。

「本当にすごいな。彼が氷の上級精霊フェンリルか……。ジンもものすごい存在感だったが、勝るとも劣らない。……今は君が契約主だと聞いたが」

フェンリルに熱い目を向けていることに少々ムッとはするが、クロムがどういう人か分かっているし、先ほど求婚されたことで、多少は心が広くなっていたので我慢する。

大人げない嫉妬を胸にしまい込み、口を開いた。

「そうね。留学前に父から受け継いだから今は私が契約主で間違いないわ。前に言ったでしょう？　私は魔力を半分以上常に消費しているって。それってフェリを顕現させ続けるためなの」

「そうか……フェリを……って、フェリ⁉」

さらりと今まで言わなかった真実を告げると、クロムは面白いくらい動揺した。

え、え、え、と何度も私とフェリを交互に見ている。

思った通りすぎる反応に、小さく噴き出してしまった。

フェンリル――フェリはツンとした様子で、クロムを見もしない。

基本的に彼女は皇家の人間以外はどうでもいいのだ。私と結婚すれば、多分対応は優しくなると思うけど、まだ彼女に身内判定はされないのだろう。

フェリに冷たい態度を取られつつも、クロムが私に確認してくる。

「フェリって……き、君が護衛として連れて来た――」

声が裏返っている。余程、予想外だったのだろう。彼の動揺を面白く思いながら、私は笑顔で肯定した。

「ええ、そのフェリで間違っていないわ。大体、おかしいと思わない？　帝国の皇女が他国に留学に行くというのに護衛に女官ひとりだけなんて、普通あり得ないでしょ。フェリの正体は氷の上級精霊フェンリルなの。フェリを連れて行くから他の護衛を連れて行かなくて済んだのよ」

だから、留学前に父から契約を受け継いだのだと言えば、クロムは納得したように頷いた。それでもまだ驚いている様子ではあったが。

「そ、そうか。確かに上級精霊フェンリルを連れているのなら他に護衛がいなくても理解できるが。しかし……フェンリルは女性だったのか。知らなかったな」

「いいえ。性別はないわ。私の護衛をするために女性体になっているだけ」

長い時を生きているフェンリルは、変幻自在だ。男性体ももちろん取れるのだが、私の護衛として離れるわけにはいかないからと、わざわざ女性体になってくれていた。

「フェリは、私が生まれた時から一緒にいてくれた大事な大事な存在なの。だから父から契約を受け継いで、本当に嬉しかったわ。ただ、そのせいで、魔力を半分以上持って行かれてしまっているけどね」

「君が魔法実技を免除されていると言っていた理由はそれか……」

得心した、という顔をする彼にその通りだとウィンクをしてみせる。

「ええ、学園長は私の事情をご存じだから。さすがにフェリを顕現させ続けている状態でテストを受けさせるのはフェアではないと言って下さって」

「なるほど……。ああ、ということは殿下と幼馴染みというのも？」

抱いた疑問をクロムが次々とぶつけてくる。魔法契約は解除されているので、隠すことは何もない。だから素直に答えた。

「普通に次代の君主同士だからよ。将来を考えても、先に会わせて、できれば仲良くさせておいた方がいいでしょう？」

「……そういうことだったのか」

「留学初日にオスカーは私のことに気づいたけどね。事情を話して黙っていてもらったわ。オスカーと一緒にいたのは、私の事情を全部知ってくれて楽だったからなの」

「事情？　君が皇女だってことか？」

ストレートに尋ねられ、一瞬言葉に詰まった。

どうしようかと考え、正直に話すことにする。

「え、えーと、そうではなく……私がわざわざ短期留学してきた理由の方なんだけど」

「そういえば不思議だな。メイルラーン帝国の次期皇帝が正体を隠してまでフーヴァル学園に短期留学とか、普通はないような気がする」

「ないわよ。やむにやまれぬ事情があったから来ただけで、私がフーヴァルに来る予定は元々はなかったの」

「？　その事情とは？　いや、俺が聞いていいものなのか？」

「ぐっ……」

真っ直ぐに私を見つめてくるクロムを直視できなかった。今更ではあるが恥ずかしい。

向こうでは見つけられなかった夫候補を探しに来たなんて、その当人を前にして言いたくなかった。

だが、隠すようなことでもないのだ。

こうしてクロムを手に入れることができたわけだし。

下手に隠して疑われるようなことになるのも嫌だと思った私は、羞恥を投げ捨て、口を開いた。

「……たから」

「ん？」

聞き返された。どうやら小声すぎて聞こえなかったようだ。

二度も恥ずかしい思いをする羽目になった私は破れかぶれに叫んだ。

「自分で自分の結婚相手を見つけようと思ったからよ！　仕方ないでしょ！　国には碌な男がいなかったんだもの！　こうなったら自分で見つけようってなったって当たり前だと思うの！」

「……」

「フーヴァル学園になら、お父様たちも認めてくれるレベルの男がいるかもって思ったし……って、何よ」

何も言わず、じっと私を見つめてくるだけのクロムが気になり、声をかけた。

彼は目を丸くして、だけども「いや」と否定の言葉を口にした。

「まさか婿探しが留学の目的だとは思わなくて……てっきりもっと政治的な理由かとばかり」

「うぐっ……」

正論を吐かれ、私の心が少々ダメージを受けた。ちらりとフェリを見る。彼女は狼の姿のまま、身体を伏せ、目を閉じていた……が、耳が少しこちらを向いているので、聞いていないわけではないらしい。多分、心の中では笑っているのではないだろうか。

フェリはポーカーフェイスが得意だが、感情がないわけではないので、顔には出さないだけで面白がっているだろうことは予測できる。

いっそのこと聞かない振りでもしてくれれば良いのに、意地悪だ。

あとで揶揄われるのだろうかと思いつつも、クロムに尋ねる。

「む、婿探しなんて、呆れた？」

「そんなことはないが。いやでも、婿探し……婿探しか……」

頼むから連呼しないで欲しい。

私は言い訳がましくクロムに言った。

「む、婿探しだって、最終的には政治に繋がるでしょ。その婿は皇帝の夫になるんだから。……あ、そうだ。言っとくけど、今更やっぱり止めたなんて許さないんだからね。あれだけ大々的に私と結婚すると宣言したんだもの。クロムには絶対に私と結婚してもらうから」

あそこまで派手にやらかして、やっぱり止めにしますなんて言えるはずがない。

メイルラーン帝国の体面にも関わってくる。

絶対にクロムには私の婿になってもらわなければならない。事態はそこまで来ているのである。

覚悟はできているかという気持ちで彼を見る。クロムは笑って「なんだ、今更」と言った。

「俺は君がいいと言ったし求婚もしただろう。それより君の方こそ俺で構わないのか。皇帝陛下のご意向もあるだろう？　俺は君を諦めるつもりなんて微塵《みじん》もないが――」

言いながらも少し心配そうに私を見るクロム。

私は正直びっくりしていた。

まさかクロムがそんなことを気にしているとは思わなかったから。

でも、それだけ私のことが好きだという証拠だろう。嬉しく思った私は彼を安心させるように殊更軽い口調で告げた。

「大丈夫よ。実はね、この前のフーヴァル祭を水晶玉に録画したものを両親に送っているの。ほら、師匠が出ていたでしょう？　父にとっては弟の晴れ舞台ってことで、見には行けないけどどんな感じだったか知りたいって。だから学園長にお願いして特別に録画させてもらったのよ。で、そこには当たり前だけど拳聖と戦っているあなたのことも映っていたの」

「そう、なのか？　俺が？」

「ええ。だからわりと話は簡単だったの」

「？」

意味が分からないという顔をするクロムに笑顔を向け、メイルラーン帝国の帝都に戻った時のことを思い出す。

大事な恋人をフーヴァルの王女から取り戻したいから、なんとか先に魔法契約を解除してくれと言った私に父は「それは約束が違う」と当初、良い顔をしなかった。

だが、私の相手が水晶玉に映っていた人物だと知った途端、その態度をあっさりと翻したのだ。

「何⁉　拳聖の息子？　あの水晶玉に映っていた将来有望そうな彼か！　彼がお前の相手なのか⁉

よし、分かった。今すぐ契約を解除しよう。ディアナ、なんとしても彼を口説き落としてくるのだぞ！　失敗は許さん！」

と、こんな感じで、大歓迎されたのだ。

どうやら水晶玉の迫力ある動画を見て、こんな男が娘の婿になってくれたら良いのにと思っていたらしい。父からしてみればクロムを捕まえたという私の話は、願ってもないことで、私は水晶玉に動画を撮っておいて良かったなあと心から思ったのだった。

何せ、父は頑固なところがある人だから。

事情があるとはいえ、魔法契約の条件を満たしていないのに解除しろなど、正直難しいと思っていたのだ。

いや、どんな手段を用いても解除してもらうつもりだったけど。クロムを王女に渡さないためならなんでもすると覚悟して父に挑んだのだ。最悪、父と戦うことになってもとかなり思い詰めていたので、この結末にはびっくりだ。

その時のことを思い出しながら、クロムに告げる。

「そういうことだから、うちの両親に嫌がられるかも、なんて心配はしなくても大丈夫。母は父さえ領けば反対しないし。あなたさえ了承してくれるのならそれで終わる話なのよ」

「そうか」

「むしろ、絶対に逃がすなと何度も念を押されたくらいよ。まあ、戦っているあなたは同性から見ても素敵だろうなと思うから、お父様がそう言うのも当然だとは思うけどね」

拳聖と戦っていたクロムの姿を思い出す。あの時の彼は本当にすごかった。

拳聖相手に一歩も退かずに戦って、惚れ直すとはこういうことかと思ったくらいだ。

だがクロムは「そうかな」と首を傾げている。

「俺より君の方が素敵だと思うが。俺は君が戦っている姿が本当に好きなんだ」

「……もう」

「戦っている君は、戦いの女神と見紛《みまが》うほどに美しい。俺はいつだってそんな君に見惚れ、ときめいている」

「……う、あ、ありがとう」

ストレートに好意を告げられ、頬が熱くなる。

最初に会った時は戦いのことしかなかったのに、最近の彼は気を抜くとすぐにこういうことを言ってくるから恥ずかしくて仕方ない。

もちろん、嬉しくないとは言わないけれど。

クスクス笑っていると、クロムがこちらにやってきた。私の前に立ち、にこりと笑う。心臓がドクンと跳ねた。

「ク、クロム?」

「冗談で言ったわけではないぞ。俺は君が好きだから、君が誰よりも素敵に見えるし、愛おしく思える。それだけのことだ」

「……」

「愛している、ディアナ」

恥ずかしくて答えられない私に気づいたのか、クロムが一層柔らかく笑う。

彼がソファの背に片手をつき、身を屈《かが》めた。クロムの顔が近づいてくる。

「――あ」

唇に熱が触れ、離れた。

幸せで頭がクラクラする。ぼうっとクロムを見上げた。彼が私に手を差し出してくる。

「な、何？」

意図が摑めず、クロムを見つめる。彼はやや強引に私の手を握ると、グッと引っ張った。ソファから立ち上がる。

「クロム？」

「――君が欲しい」

「えっ……」

「こんなところでと君は思うかもしれない。だが、どうしても今、君が欲しいんだ。……駄目か？」

「……」

ぽかんと口を開ける。クロムが言った言葉の意味を理解し、ジワジワと顔が赤くなっていく。

彼は私を抱きたいと言っているのだ。まさかそんなことを言われるとは夢にも思わなくて、無意味に目を瞬かせてしまう。

「わ、私……」

どう返事をすれば良いのだろう。

突然のことになんと答えればいいのか分からない。だけど彼の申し出を嫌だと思っていないことだけは確かだった。

だってこんなにもドキドキしている。クロムに求められたのが嬉しくて、でも恥ずかしい。思うのはそれだけだった。

なかなか答えを返せない私に、クロムが焦れたように言う。

「ディアナ、駄目か？」

「だ、駄目とかそういうわけでは……」

「俺を思い、ここまで乗り込んできてくれた君が愛おしいんだ。このまま抱いて、俺のものにしてしまいたい。将来伴侶となる君に劣情を抱くのはいけないことか？」

「っ……！」

ギュッと心臓を鷲掴みされた気持ちになった。

クロムの直接的すぎる言葉が心に突き刺さる。

——う、ううう。

このままクロムに身を任せてしまいたい。

別に新婚初夜まで処女でなければならないという決まりがあるわけでもないのだ。

ここまで来ればクロムと結婚することは確定だし、彼の言葉に応えてもなんの問題もない。というか、私自身がクロムに応えたいと思っていた。

彼とひとつになれたら、どれだけ幸せな気持ちになれるだろう。

そう思い、チラリとフェリに目を向ける。

さすがにフェリがいるところでクロムに抱かれるとか無理だと思うからだ。

こういうことは秘め事としてふたりきりで行いたい。そう思い、遠慮して欲しいなという気持ちで視線を送ろうとしたのだけれど——。

「え」

フェリがいたはずの場所にはすでに誰もいなかった。

いつの間に姿を消したのか……いや、多分フェリなりに空気を読んで退出してくれたのだと思う。

「……」

お膳立てされているような気がして複雑な気持ちにはなったが、これで正真正銘ふたりきり。

邪魔をする者は誰もいない。

それを理解した私は大きく息を吸い込んだ。

——ありがとう、フェリ。

心の中で礼を言い、覚悟を決める。初めてのことだからクロムを満足させられるか心配だけど、彼が望んでくれるのなら応えたいと思うから。

「クロム」

名前を呼ぶ。彼が返事をする前に踵《かかと》を上げて、口づけた。

彼の目を見て、決意を伝える。

「——いいわ。あなたに私をあげる」

私の精一杯の答え。それを聞いたクロムが目を丸くし、破顔する。

そうして私を抱き上げた。

「えっ」

あまりにも簡単に抱き上げられ、間抜けな声が出る。私を軽々と横抱きにしたクロムは額に唇を落とした。

「愛してる、ディアナ」

その響きは今までになく甘くて、私の心を優しく震わせた。

「……私もよ」

——ああ、幸せだ。

ギュッと彼にしがみつく。

眩暈《めまい》がするほど幸せというのはこういう時に言うのだなと思いながら、私は彼と共にベッドに向かった。

◇◇◇

「んっ、んんっ……」

衣擦《きぬず》れとリップ音が止まない。

クロムにベッドに連れて来られた私は、彼から何度も甘い口づけを受けていた。

大きなベッドは、ふたりで寝ても十分すぎるほどゆとりがある。

「ディアナ……好きだ」

切羽詰まった表情で、クロムが何度も『好き』を告げてくる。その言葉を聞くたび、身体から力が抜けていった。

全てを彼に委ねたいと、そんな気持ちにさせられる。

「は……あ……」

クロムが私の身体に手を這《は》わせる。余裕のない動きが嬉しかった。熱い掌《てのひら》の感触が服の上からでも伝わってくる。

心地好いけれど物足りない。

服の上からではなく直接触れられたいと思った私は、クロムに強請った。

「クロム、脱がせて……」

焦れたように言う私を見たクロムが目を瞬かせ、嬉しそうに笑う。

「ああ」

慎重な手つきでドレスを脱がせていくクロムに協力し、背中を浮かせる。今日のドレスは身体の線を強調するもので、後ろの紐《ひも》でかなりギュッと絞っているのだ。

紐を解《ほど》くとドレスは簡単に緩む。とはいえ、胸を覆う下着も後ろに紐があるので、すぐには外せないのだけれど。

「クロム、これも外して」

ドレスを脱いだ段階で横を向いて、紐を示す。彼はすぐに私の言いたいことを理解し、紐を引っ張った。胸を締めつけていた下着が緩み、解ける。

「……ん……なかなか難しいな」

悪戦苦闘するクロムに自然と頬が緩む。愛おしいという感情が私を埋め尽くしていた。

「ふふ、慣れていないとそうでしょうね。そもそもひとりで着つけるようなものでもないし」

下穿《したば》きもなんとか脱がせると、クロムはそれを放り投げた。生まれたままの姿になるのはやはり覚悟していても恥ずかしい。

だけど、見ているのが好きな人だと思うと我慢できた。

「……あ」

クロムの目線が胸に行っていることに気がついた。もしかして触りたいのだろうか。

恥ずかしいけれど、勇気を出して告げた。

「……いい、わよ。触って……?」

そっと告げると、クロムは目を見開き、恥ずかしげに視線を逸らした。口元を手で覆う。目元が少し赤かった。

「……格好悪いな。すまない」

「いいえ。あなたが慣れていないって分かって嬉しいもの。構わないわ」

下着の外し方に戸惑ったり、女性の裸体を見て動揺したりと、彼の態度はどう見たって『初めて』だ。それが嬉しくて堪らない。

別に過去に拘るわけではないが、好きな男が自分しか知らないというのは悪くない気分だった。

私も、初めてだし。

クスクス笑っていると、クロムがムッとしながら言った。

「慣れていないに決まっているだろう。俺はずっと鍛錬一筋で来たんだから。こんなことをしたいと思ったのは、君だけだ」

「っ」

「君しか抱きたいなんて思わない」

本心だと分かる声音で告げられ、必死に取り繕っていた余裕があっさりと剝がれ落ちた気がした。

だって嬉しい。

クロムがくれる言葉全てが嬉しいのだ。

「ディアナ……」

クロムが私に覆い被さりながら、上着を脱ぎ捨てる。タイを片手で緩め、抜き取る仕草がなんとも色っぽく格好良かった。

「ディアナ、好きだ」

中に着ていたシャツも脱ぎ捨てる。鍛えられた身体を目の当たりにし、顔が赤くなった。

男性に交じって鍛錬することも多く、裸の上半身を見ることだって多かったのに、それがクロムのものだと思うと途端恥ずかしくなってくる。

だけど綺麗に筋肉のついた身体にはどうしたって見惚れてしまうのだ。

――綺麗。

鍛錬で限界まで絞られた身体に贅肉は一切ない。女性とは全く違う体つきにドキドキした。

「クロム……」

キスを強請るように目を瞑《つぶ》る。しばらくして望みのものが与えられた。

柔らかな唇の感触。それにうっとりしていると、彼の舌が唇をこじ開けてきた。

逆らわず、口を開く。中にぬるりと舌が侵入し、慣れぬ感覚に戸惑った。

「んっ、んんっ……」

舌先で口内を確認され、背筋が震えた。頬の裏側や上顎を軽くなぞられるのが心地好い。

「ふ……んっ……」

彼の舌が私の舌に絡みつく。それに必死に応えていると、唾液がじんわりと喉の奥に溜まっていった。耐えきれず飲み込む。薄らと目を開くと、彼と視線が合った。

「は……」

「……可愛い」

低く呟かれた言葉に、ボッと全身が熱くなる。クロムは柔らかく微笑むと、もう一度顔を近づけてきた。彼の手が乳房に伸びる。

「んっ……」

柔らかく揉みしだかれ、勝手に声が出た。自分で触ってもなんとも思わないのに、人に触れると心地好いと思うのだから変な感じだ。

クロムが胸を揉みながら、首筋に舌を這わせてくる。

擽ったいような気持ち良いような、なんとも表現しがたい感覚に襲われた。だけど止めさせようとは思わない。彼が私を愛おしんでくれているのが伝わってくるからだ。

「はっ、んっ……あっ」

やわやわと胸を揉んでいた手が、先端に触れた。掠っただけではあったが敏感な場所に触れられ、甘えるような声が出る。

「可愛い。ディアナ。もっと俺に感じてくれ」

「んんっ……」

低くも優しい声音に、腹の奥がキュンと震える。彼の手の動きは優しく、初めての行為でも恐怖を感じなかった。

私の様子を窺いながら、クロムが少しずつ触れる箇所を下へ下へとずらしていった。

「はあ……ああ……」

熱い掌の感触が心地好い。肌を這う感覚に陶然としながら、彼を受け入れた。脇腹に触れられ、擽ったくて笑ってしまう。臍《へそ》の辺りを柔らかく押された時には、甘い声が漏れた。

——ああ、なんて気持ち良い。

彼の手の感触にうっとりとしていると、その手がついに太股《ふともも》に触れた。指が内股をするりとなぞり、股の方へ向かう。

「ディアナ、触るぞ」

「ん……」

了承を求める声に、小さく頷く。クロムの指が蜜口に触れた。恥ずかしい場所に触れられ羞恥の気持ちが迫《せ》り上がってきたが、グッと堪える。

ゆるゆると指の腹が閉じたはなびらを往復する。優しい指使いに反応し、腹から愛液がじわりと滲み出たのが分かった。クロムはそれを指に纏わせると、はなびらの中に押し入った。思わず声が出る。

「は……んっ」

「痛いか？」

「う、ううん。大丈夫」

クロムの指が蜜口の中に潜り込んでいる感覚が伝わってくる。慣れない感覚だったが、しばらくすると気持ち良いと思えるようになってきた。膣《ちつ》壁を刺激されると、キュンとした快感が得られるのだ。

私の反応に気づいたクロムが同じ場所を執拗に刺激する。快楽が連続して押し寄せ、そのこと以外考えられない。

「ん……あ……やあ」

「ディアナ、気持ち良いのか？　ここは？」

「ああっ！」

腹の裏側辺りを優しく押され、媚《こ》びるような声が出た。

「んっ、気持ち良い……」

息を乱しながらも告げると、クロムは私が感じた場所を指で何度も往復させ始めた。水音が響くのが恥ずかしい。だけどそれ以上に気持ち良くて、身体が勝手に震えてくる。

腹の奥がやけに切ない。

「はあ……ああ……」

息を乱す私を見たクロムが、蜜口にもう一本指を入れた。柔らかく広がっていた蜜孔《みつあな》は彼の二本目の指も易く呑み込む。痛みはなく、ただ気持ち良いだけだった。

「あっ……！」

同じ場所を丹念に刺激していたクロムだったが、やがて指の動きが変わった。膣孔を広げるように動かしている。水音は先ほどよりも大きくなり、中はすっかり蕩《とろ》けている。

クロムの指の動きがあまりにも気持ち良くて、私はギュッと目を瞑った。彼の指から与えられる快感はずっと浸っていたいほど心地好く、癖になってしまいそうだ。

「はっ、あっ……クロム、クロム……気持ちいい……気持ちいいの」

指の動きがどんどん激しくなっていく。息は荒くなっていくし、頭はクラクラしてきた。蜜口を弄《いじ》っていない方の手が、胸に触れる。

普段は柔らかい先端は彼の愛撫《あいぶ》に反応しているのか尖《とが》りきっていて、少し触れられただけでも身体を揺らすほどの快感を得ることができた。

「ひゃあっ……」

鼻に抜けるような声が出る。クロムが嬉しそうに言った。

「こんなに尖らせて……感じてくれているんだな。可愛い」

「あんっ、グリグリしないで」

主張するように飛び出た先端を、クロムが指の腹で押し回す。あまり強くされると痛いかと思ったが、彼の指使いは巧みで、心地好さしか感じなかった。

「あっ、あっ、あんっ……」

胸の先を弄られると、自然と腹に力が入ってしまう。結果としてクロムの指を締めつけることになってしまった。

キュウキュウと彼の指を膣壁が圧迫する。感じる場所を丹念に攻められ、際限なく身体が熱くなっていく。尿意にも似た感覚に襲われ、ガクガクと腰が震える。

「んんっ……やあ……」

かぷり、と触れられていない方の胸を食《は》まれ、新たな刺激にビクンと身体が揺れた。熱い舌が敏感な先端を嬲《なぶ》っている。そのまま強く吸われ、私は気持ち良さのあまり嬌声《きょうせい》を上げた。

「ああんっ」

その瞬間、ドロリと愛液が零れ落ちる。クロムはチュッチュッと何度も胸の先を吸い上げた。その度に身体は分かりやすく跳ね、蜜口からは多量の愛液が噴き出していく。

その間も彼の指は蜜口を解《ほぐ》し、気づけば中に入っている指は三本まで増えていた。

「あっ、あぅっ……んんっ」

耐えきれない甘美な感覚に襲われ、キュウッと目を瞑る。

やがてクロムが指を引き抜いた。

「あっ……」

食い締めていたものがなくなってしまう感覚が酷く寂しい。刺激をずっと受け続けていたせいか身体は小刻みに震え続けていた。

クロムがトラウザーズを脱ぎ捨てる。

「あ」

バキバキに血管が浮き上がった逞しい肉棒が姿を現した。体積のありそうな屹立《きつりつ》は腹につくほどに反り返っている。

初めて見た男性の性器に一瞬怯《おび》えのような感情を覚えるも、それはすぐに愛おしさに切り替わった。

好きな男が自分に反応してくれているのが嬉しかったのだ。重みのありそうな肉棒を自分の中に招き入れるのかと思えば少々怖かったが、それよりも彼と早くひとつになりたいと思う気持ちの方が強かった。

だから私は両手を広げ、招くように彼に言った。

「クロム、来て」

「ディアナ……愛してる」

クロムが私の両足を抱え、蜜口に肉棒の先端を押し当てる。十分愛撫を受けた蜜口はちゅうっと肉棒に吸いついた。グッとクロムが腰を進める。圧迫感のようなものに襲われたがそれはほんの僅かな時間で、すぐに中を押し広げるように肉棒が侵入してきた。

「あああっ……！」

クロムの背中を抱きしめ、訪れた痛みを堪える。幸いなことに痛みはあってもあまり強いものではなく、少し我慢すればすぐに去って行った。

肉棒が自分の中に埋まったのを感じ、うっとりする。今、自分がクロムに抱かれているのだという事実がどうしようもなく幸福だった。何故か涙が溢れてくる。

「クロム……嬉しい」

喜びが言葉になって口から出る。性交がこんなにも幸福な行為だとは思わなかった。

クロムが褒めるように私の額に口づけを落とす。

「俺も嬉しい。――ディアナ、動いても構わないか？」

「ええ」

了承を告げる。痛みはもう消えたし、この先に何があるのか知りたい気持ちの方が強かったのだ。

クロムがゆっくりと腰を動かし始める。肉棒が膣壁を擦《こす》っていく動きが全身に伝わり、ゾクゾクする。

「んっ……」

クロムが肉棒を抽送するたび、勝手に甘い声が出る。身体の内側を擦られるのは今までにはない感覚だったが、それをしているのがクロムだと思うと、心地好いと自然に思えた。

「あっ、あっ、あっ……」

肉棒が深い場所に押し入るたび、癖になるような快感が得られる。肉傘が襞《ひだ》を擦る感覚が気持ち良くて、もっとして欲しいと思ってしまう。

「あ、クロム……やっ、あっ……好きっ……」

クロムの背に手を回したまま、声を上げる。クロムは腰を動かしながら私に言った。

「俺もだ。俺も君を愛してる」

「んっ……」

言葉と共に唇を塞がれる。それを喜びと共に受け入れた。彼の舌がぬらぬらと蠢《うごめ》き、口内を侵食していく。自然と足を彼の足に絡める。

全身が性感帯になったかのように、どこもかしこも気持ち良い。クロムが腰をぬらぬらと動かす。

やがてクロムはキスをしたまま私の中に精を放った。温かい飛沫《しぶき》が膣奥に流れていく感覚に、心が満たされたように感じる。

「クロム……」

「ディアナ。好きだ」

精を吐き出したクロムが、肉棒を引き抜き、私を抱き寄せてくる。激しい運動をして汗を掻いたあとだからか、皮膚がひんやりとして冷たかったが、全く気にならなかった。

むしろ心地好いと感じられる。

「ふふ……幸せ」

初めての行為で腹の奥はジンジンとしていたが、得られた幸福感が大きいせいでなんとも思わない。スリスリとクロムの胸に擦り寄ると、彼は私の頭を撫《な》でてくれた。

こんな些細な行動ですら嬉しい、幸せだと思えるのだから、私は本当に彼が好きなのだなと思ってしまう。

「ディアナ」

「なあに？」

すっかりイチャイチャしてクロムを見ると、彼は私をじっと見つめてきた。そうして口を開く。

「君のその瞳の色、すごく綺麗だな。青い瞳の君も好きだったが、やはり赤が本来の色なんだと分かる。その美しい銀の髪もだが、本当によく似合っている」

「……え、あ、ありがとう」

唐突に褒められ、動揺してしまった。

まさかこんなところで褒められるとは思わなかったのだ。クロムの表情は真剣で、本気で褒めてくれていることが分かる。

嬉しいな、と素直に思えた。その気持ちのまま彼の名前を呼ぶ。

「ねえ、クロム」

「うん？」

首を傾げてこちらを見てくる彼に宣言した。

「私、迎えに行くからね。あなたが卒業する日に」

「迎え？」

まだピンときていない様子のクロム。そんな彼に私はとっておきの笑顔を見せた。

「ええ。メイルラーンの次期皇帝としてあなたを迎えに行くの。ほら、私はあなたたちと一緒には卒業できないから」

私は短期留学生なので、卒業式には参加できない。

一足先に学園を離れることになるのだ。だから、迎えに行く。

そう告げると、クロムは目を瞬かせ「そうか」と小さく笑った。

「分かった。君が来てくれるのを楽しみに待っている」

「あなたを攫《さら》ってあげるわ、クロム。そうしたらもう、あなたはフーヴァルには帰れないの。……それでもいい？」

最後の確認のつもりで告げると、クロムは呆れた顔をして、私の額を指で弾いた。

「だから何度今更だと言わせる気だ。……こうして君を貰えたのに、俺が嫌だと言うはずがないだろう？　言った通りだ。君がいるところならどこでも行くから、好きに俺を連れて行くといい」

目を瞬かせる。

一瞬も躊躇《ためら》わず、答えてくれたことが嬉しくて、顔を伏せた。泣きそうになったなんて秘密だ。

クロムがそんな私に告げる。

「そうだな。君を不安に思わせるのも本意ではないし、卒業したらすぐにでも結婚しようか」

パッと顔を上げる。

私が言いたかったことを言ってくれたクロムは、何も憂えることはないとばかりに笑っていた。

その微笑みに力を貰い、大きく頷く。

「ええ、きっとよ」

指切りを交わす。きっとこの約束は守られる。

そう確信することのできる自分が幸せだと思った。

終章　次期女帝は愛を掴む

あっという間に時は流れる。最初は長いと思っていた一年間の留学も、気づけばあっさりと終わりの日を迎えていた。

私はディアナ・ソーラスとして皆より一足先に学園を離れ、メイルラーン帝国へ戻った。

そうして諸準備を済ませ、今日のこの日――フーヴァル学園の卒業式に合わせて、私はフーヴァルへと舞い戻ったのだ。

◇◇◇

「もうすぐね」

学園の敷地内にある講堂。そこで今、まさにフーヴァル学園の卒業式が行われていた。

短期留学生だった私は卒業式には参加はできないので、今日は特別な許可を取って、校内に入っている。

だってクロムの卒業式だから。

初めて彼と結ばれた時、私は卒業式には迎えに行くと告げた。その約束を果たしに来たのだ。

「懐かしいわ……」

明るい日差しが降り注ぐ学園をぐるりと見渡した。私の後ろには相変わらず女官に変化したフェリが控えてくれている。

「姫様。式が終わったようですよ」

考え事をしながら周囲を探索していると、感覚の鋭いフェリが教えてくれた。それに頷き、式典が行われていた講堂の前に移動する。

私が学園から去ったのはひと月ほど前。

そんなに長く離れていたわけではないのに、不思議と懐かしさを感じる。僅か一年という短い時間でも、いつの間にか学園に愛着が湧いていたのだ。

今日、この日に学園に来られたことを素直に嬉しく思った。

講堂の扉が開き、卒業生たちがバラバラと出てくる。皆、明るい表情で手には卒業証書を持っている。

彼らは私に気づくと「あ」という声を上げた。

本来の姿を晒した私を皆が驚いた顔で見ていたが敢《あ》えて無視をし、待ち人が出てくるのをひたすら待つ。

「ディアナ」

人々の視線に晒されつつも待っていると、しばらくして制服の上にマントを羽織ったクロムが出てきた。

黒いマントは、主席にのみ与えられるものだ。彼が最後の試験も無事、一位の成績で突破したことに気づき、にっこりと笑った。

「クロム、約束通り迎えに来たわ」

「ああ、ディアナ。待っていた」

私の言葉に、クロムも応える。

このあと、彼と約束した通り、クロムを連れてメイルラーン帝国に戻るのだ。一週間後には挙式が控えている。

久しぶりに目にしたクロムは、以前よりも格好良さが増した気がした。多分、私の欲目だろう。でもいい。夫となる人が良く見えるのはとても良いことだと思うから。

「っ」

我慢できず、クロムに駆け寄る。彼の周囲にいた生徒たちが慌てて道を空けてくれた。

私は走り、思いきりクロムに飛びついた。彼は危なげなく私を受け止める。

「ディアナ」

「クロム、卒業おめでとう」

「ああ、ありがとう」

笑顔で返してくれるクロムが愛おしい。

クロムのあとに講堂から出てきたオスカーが呆れたように言った。

「なんだ。待ちきれずに迎えに来たのかい」

「ええ、約束だもの。それに私はいつだって自分の男は自分で迎えに行くの。それのどこが悪いの？」

「悪くないよ。それこそ君だと私も思う。式には私も参列させてもらうけど、せっかくだから先に言わせてもらうよ。――結婚おめでとう」

「ありがとう」

オスカーが拍手をし、祝いの言葉をくれる。それに合わせるように周囲の生徒たちも拍手をし始めた。

いつの間にか近くに来ていたクロムの友人であるブランが腕を組み、うーんと唸《うな》る。

「あー、そっか。じゃあクロムはこのままメイルラーンに行くんだ。……うーん、それなら俺も一緒に行こうかな。ねえ、天使ちゃん。俺、結構優秀な自信あるんだけど、メイルラーンのどっかで雇ってくれない？」

冗談めかして告げられたが、彼が本気だということは伝わってきた。

別にそれは構わない。私の正体を知ってもまだ「天使ちゃん」と呼び続けられる度胸を持つ男なら、使いどころも多いだろう。それに彼はクロムの友人なので。

クロムが喜ぶのなら構わないと思うのだ。

是非を問うように彼を見る。私を抱きしめたままクロムは言った。

「ブランは優秀だから君の迷惑になることはない。それに、彼がいてくれると俺も嬉しい」

「そう、それじゃあ雇いましょう。ブラン、来てくれても構わないわよ」

クロムが望むのなら「はい」以外の選択肢はない。

あっさりと雇用の言葉を口にした私に、ブランが目を丸くする。

「えっ、そんな簡単でいいんだ？」

「ええ、だってあなたはクロムの友人なんでしょう？　それだけで資格は十分すぎるほどあるわ」

「すごいな。完全にクロムありきじゃないか」

「当たり前じゃない」

平然と告げるとブランは「天使ちゃん、大物〜」と楽しそうに笑った。

生徒たちがくれる拍手と祝福の声と、そしてブランの大きな笑い声と。

色んな声と音が混じり合い、空へと上っていく。

クロムが私を見つめ、柔らかく目を細めた。

「ディアナ。これからも宜しく」

「ええ、私の方こそ」

しっかりとクロムを見つめ返す。灰色の瞳には幸せそうに微笑む私の姿が映っていた。

夫を見つけてやると思っていた時は、こんなに好きな人と巡り会えるとは思っていなかった。

勢いのままフーヴァルまで出てきたけど、本当に良かったのかとクロムと会うまでは実は不安でいっぱいだった。

でも、そうやって一歩を踏み出したからこそ今がある。

胸がいっぱいになり、堪えきれず空を見上げる。

頭上には雲ひとつない青空が広がっていて、とても眩しい。

それは私たちの明るい未来を示しているようで、きっとこの先も迷いなく歩いていけると確信できた。

あとがき

こんにちは。月神《つきがみ》サキです。

今作のテーマは、『両片想い、わちゃわちゃコメディもの』です。

かなり登場人物の数が多く苦労させられましたが、楽しい話にすることができたと思っています。

ヒーローも私にしては珍しく執着タイプではありません。

ちょっと天然入っていますが、正統派ヒーローで「大丈夫？　もっと執着させなくて平気？」と何度思ったことか。

終わってみれば爽やかな男前になり、たまにはこういうヒーローも良いではないかと、私自身も爽やかな気持ちになりました。

今回は各キャラたちの会話がある意味見所かなと思っていますので、楽しい掛け合いなんかを楽しんでいただければ嬉しいです。

さて、今作品のイラストレーター様ですが、堤《つつみ》先生にお願いしています。

先生には別レーベルでもお世話になりましたが、柔らかいタッチと繊細な色使いがとても好きなので、決まったと聞いた時はとても嬉しかったです。

カバーイラストでのグーパンチは悶絶ものだし、ヒーローももちろん素敵なのですが、とにかくやたらめったらヒロインが可愛いのです。

挿絵もヒロインの性格がよく出ていて、終始ニヨニヨしていました。

二枚目とか四枚目の挿絵が特に好きです。

コロコロと変わる表情が愛おしい……。

七枚目のフェンリルと一緒に登場したシーンでは、今までの可愛さから一転してすごく格好良くなっていて、これぞ未来の女帝様といった雰囲気に魅了されました。

堤先生。お忙しい中、お引き受けいただきありがとうございました。

最後に恒例の次回予告ですが、契約結婚ものになります。

そういえば、私って鉄板の契約結婚を書いたことがなかったなと気づきまして……。

なんとすでに原稿は上がっていますので、発売を楽しみに待っていただければ！

コメディタッチのピュアです。後ろを気にせずお読みいただけます（笑）。

それではまた次作、お会いできますように。

お買い上げいただき、ありがとうございました！

月神サキ

社畜令嬢は
国王陛下のお気に入り
十帖
Jyujo
Illustration
春野薫久
溺愛よりも
お仕事をください!!
フェアリーキス
NOW ON SALE
婚約破棄されたことで、悠々自適なお気楽人生計画が台無しになってしまった子爵令嬢シアリエ。そこに若き国王アレスから秘書官への誘いが舞い込み、限界社畜OLだった前世の根性が甦る。やはり労働こそ自分の生きる道！　と王宮での業務に邁進し、目覚ましい成果をあげるシアリエを、何かと気にかけるアレス。普段はクールでぶっきらぼうな彼が、私にだけ世話を焼くのはなぜ？　戸惑いつつもシアリエが心を開いたとき、王都で騒動が巻き起こり!?
フェアリーキス
ピュア
fairy kiss
Jパブリッシング　https://www.j-publishing.co.jp/fairykiss/　定価：1430円（税込）

Asami 浅見 Presents
illustration 笹原亜美
悪役令嬢、熱血騎士に嫁ぐ。
婚約破棄からの愛あふれる
熱血新婚ライフッ!!
フェアリーキス
NOW ON SALE
伯爵令嬢フェリアは、悪逆非道の〝悪役令嬢〟だと事実無根の噂を立てられた上、それを信じ切った婚約者に婚約破棄を突きつけられてしまう。そんな彼女が紹介された新たな結婚相手は、〝熱血騎士〟と有名な騎士隊長ヴィル。「フェリアはオレの！　最高の妻です！　決して悪役令嬢などではありません！」何事にも全力で予想外の行動続きな彼に、ときめきが止まらないフェリア。夫婦として距離を縮めていくさなか、元婚約者が不審な動きを見せ始め——!?
フェアリーキス ピンク
fairy kiss
Jパブリッシング　https://www.j-publishing.co.jp/fairykiss/　定価：1430円（税込）

じゃじゃ馬皇女と公爵令息 両片想いのふたりは今日も生温く見守られている

著者　月神サキ

2023年8月5日　初版発行

発行人　藤居幸嗣

発行所　株式会社Ｊパブリッシング
〒102-0073　東京都千代田区九段北3-2-5 5F
TEL 03-3288-7907　FAX 03-3288-7880

製版　サンシン企画

印刷所　中央精版印刷株式会社

ISBN：978-4-86669-538-9
Printed in JAPAN